Sólo venganza

Carole Mortimer

D0532749

Bianca®

HARLEQUIN®

Editado por HARLEQUIN IBÉRICA, S.A.
Hermosilla, 21
28001 Madrid

I.S.B.N.: 84-671-2977-8
Depósito legal: B-23941-2005
Editor responsable: Luis Pugni
Composición: M.T. Color & Diseño, S.L.
C/. Colquide, 6 - portal 2-3º H, 28230 Las Rozas (Madrid)
Fotomecánica: PREIMPRESIÓN 2000
C/. Algorta, 33. 28019 Madrid
Impresión y encuadernación: LITOGRAFÍA ROSÉS, S.A.
C/. Energía, 11. 08850 Gavá (Barcelona)
Fecha impresion para Argentina: 31.7.06
Distribuidor exclusivo para España: LOGISTA
Distribuidor para México: CODIPLYRSA
Distribuidores para Argentina: interior, BERTRAN, S.A.C. Vélez
Sársfield, 1950. Cap. Fed./ Buenos Aires y Gran Buenos Aires,
VACCARO SÁNCHEZ y Cía, S.A.
Distribuidor para Chile: DISTRIBUIDORA ALFA, S.A.

Capítulo 1

¡AH! –exclamó ella.

La sorpresa la paró en seco cuando vio una sombra salir de la oscuridad de la terraza, sólo iluminada por la luna. Con el corazón aún acelerado, reconoció al hombre cuyos ojos brillaban en medio de la noche como los de un gato.

–Es el invitado de honor, ¿por qué no está dentro disfrutando de la fiesta en vez de estar aquí...?

–¿Disfrutando del silencio y la paz? –terminó Beau Garrett interrumpiéndola.

La verdad es que se había escabullido de la fiesta buscando lo mismo que él. Y esperaba además poder irse sin que la anfitriona, Madelaine Wilder, se diese cuenta. No había contado con la posibilidad de tropezar con el invitado especial de la velada.

–Lo están buscando ahí dentro –le comentó con intención.

–¿Sí? –contestó él sin mucho interés.

La luz de la luna resaltaba su pelo, largo y negro, y dejaba su rostro en la penumbra.

–Ni siquiera estoy vestido para ser el invitado de honor –comentó señalando su sudadera y añadió–: «¿Por qué no se pasa? Algunos amigos han venido a tomar una copa», me sugirió nuestra anfitriona. Pero ahí está metida la mitad del pueblo –dijo señalando el interior de la casa, de donde procedía abundante ruido de risas, charlas y el tintineo de los vasos.

Su imitación de la efusiva Madelaine fue bastante lograda.

Ella se alejó de la casa y se acercó a la balaustrada, donde estaba apoyado él, desde allí se veía todo el jardín, sumergido en la misteriosa luz de la luna de marzo.

—Siento decirle que está es la tercera fiesta de bienvenida que Madelaine celebra en su honor, lo que pasa es que no asistió a las otras dos —le dijo ella.

Resultaba más cómodo hablar con él en la oscuridad. Sin dejarse impresionar por su atractivo rostro y su virilidad. Una imagen que llevaba diez años apareciendo en la pequeña pantalla, como presentador de su exitoso programa televisivo.

Su belleza estaba oculta pero no así su adusta expresión.

—Si hubiera podido librarme de ésta sin ser maleducado tampoco habría acudido hoy —espetó él.

Ella no creía que a él le preocupara mucho ser educado o no, si había de juzgarlo por la manera en la que solía despedazar verbalmente a los invitados más polémicos de su programa. De hecho, había sido la absoluta incertidumbre sobre lo que iba a pasar cada semana en su programa lo que lo había convertido en uno de los más populares de la televisión.

—¡Pobre Madelaine! —se compadeció ella.

Sabía que la anfitriona tenía buen corazón, aunque a veces se equivocara.

Beau Garrett se rió de ella.

—Veo que también es de aquí. Así que le preguntaré lo que le he estado preguntando a todo el mundo, la única razón de mi presencia aquí. El jardín de la antigua casa parroquial está hecho un desastre. ¿Quién cree que puede arreglarlo? —le preguntó.

—¿Qué le han contestado los demás?

–«Le aconsejo que llame a Jaz Logan. Poco común pero excelente» –dijo él imitando la voz de uno de los vecinos.

–El comandante –adivinó ella.

–«Jaz consiguió convertir mi caótico jardín en una maravilla» –volvió a imitar.

–Ésa es Barbara Scott, de la tienda.

–«Jaz es un tesoro».

–Betty Booth, la mujer del vicario –acertó de nuevo.

–Y según nuestra anfitriona ese tal Jaz es un encanto –concluyó él con algo de antipatía.

Ahora fue ella la que rió.

–¡La buena de Madelaine...!

–No, espere –interrumpió Beau–. Creo que sus palabras exactas fueron «Jaz arregló maravillosamente mi encantador jardincito».

–¿Y qué problema tiene con los consejos recibidos? –preguntó ella.

–Mi problema, como lo llama usted es que me da la impresión de que Jaz es un afeminado –anunció secamente–. Lo último que quiero es el típico jardín de pueblo inglés, con montones de rosales y otras flores por todas partes.

–Dígame, señor Garrett. Si desprecia tanto la vida en los pueblos, ¿por qué se ha mudado a aquí?

–¿No es obvio? –contestó, girándose para que la luna iluminara el lado derecho de su cara.

Una gran cicatriz amoratada atravesaba su faz de ceja a mandíbula. Se trataba de la duradera consecuencia de un gravísimo accidente de coche sufrido cuatro meses antes, un percance que podía haber acabado con su vida.

Ella se sintió conmovida, pensando en lo grave que habría sido el accidente para que le hubiera producido una lesión tan importante. A pesar de sus sentimientos, se mostró fría y comedida, no quería herirlo. Escuchando la amargura que había detrás de todas sus palabras, tenía la impresión de que las cicatrices internas de ese hombre eran mucho más profundas y destructivas que la que mostraba en su cara.

–No, no es obvio –contestó ella a su pregunta–. Las cicatrices desaparecen con el tiempo, señor Garrett.

–Sí, eso me dicen –dijo él ásperamente.

–¿Es la primera vez que vive en un pueblo?

–Sí, así es –contestó con cautela.

–Eso me parecía. Bueno, tiene que saber que somos bastante curiosos. Si lo que busca es paz y tranquilidad, ha venido al lugar equivocado.

Beau Garrett se giró y se apartó de ella de repente, refugiándose de nuevo en la oscuridad.

–No voy a permitir que nadie satisfaga su curiosidad a mi costa –concluyó con el mismo tono amargo de antes.

–Buena suerte –deseó ella con voz apagada.

Él se quedó parado y callado durante unos momentos, sorprendido por las palabras de la extraña.

–¿Qué quiere decir? –inquirió molesto.

–No, nada. Es que...

–¿Es que qué? –interrumpió él.

–Que lo que la gente no averigua por sí misma lo acaba inventando –contestó ella con la sabiduría que le otorgaba su propia experiencia.

Beau se rió y se dirigió hacia la puerta.

–¡Pues que lo hagan!

–Lo harán, lo harán –susurró ella.

Ella se quedó en la terraza observando cómo Beau entraba de nuevo en la casa, seguramente para excusar su presencia y largarse. Quizás pensara que no la iba a volver a ver, pero se equivocaba.

Capítulo 2

POR QUÉ no me dijo, cuando la conocí el viernes en casa de Madelaine, que trabajaba para Jaz Logan? –inquirió Beau.

Ella apartó la mirada de las facturas que inundaban la mesa del desordenado despacho del vivero. No la sorprendió en absoluto que Beau fuera el primer cliente de la mañana ese lunes. De hecho, lo había estado esperando...

–No me lo preguntó.

–Ya, supongo que no –respondió enfadado–. Pero como le pregunté por él, supuse que podía habérmelo dicho.

Ella sonrió sin alterarse y se echó hacia atrás en la silla.

–Algo más que tiene que saber sobre nosotros es que, aunque somos curiosos y nos gusta saber de los demás, no damos información sin más –advirtió ella–. De hecho es aún peor de lo que sospecha porque no trabajo para Jaz Logan. Soy Jaz Logan.

Extendió su mano para estrechar la de él.

Pero él no aceptó su saludo. La estudió de arriba abajo con sus ojos grises. Llevaba botas llenas de barro sobre vaqueros sucios, una cazadora azul demasiado grande con las mangas raídas y un agujero en un codo. Después observó su cara, su cabello largo y negro como el ébano, secado al aire mientras trabajaba fuera unas horas antes. Lo llevaba algo desaliñado. Hiciera lo que hiciera siempre acababa así, por lo que ya no se esforzaba en peinarse demasiado.

A pesar de pasar tanto tiempo al aire libre, tenía la tez clara y suave, una barbilla puntiaguda, una boca grande y sonriente y una nariz pequeña y respingona. Pestañas negras como su pelo enmarcaban sus ojos azules.

–«Poco común pero excelente» –murmuró él burlón–. Supongo que lo que el comandante quiso decir es que es poco común que sea una mujer jardinera.

–Sí, es un poco anticuado –contestó Jaz sonriente, lejos de sentirse ofendida.

–«Consiguió convertir mi caótico jardín en una maravilla» –prosiguió él serio.

–Si ha estado en la tienda de Barbara se habrá dado cuenta de lo poco que le gustan el desorden y el caos.

–«Es un tesoro» –dijo Beau mofándose.

–Betty habla bien de todo el mundo. No se olvide tampoco de que soy «un encanto».

No le sorprendió que ella también recordara la conversación del viernes anterior. Estaba demasiado disgustado para pensar en eso y volvió a fruncir el ceño.

Jaz pensó que quizás debería haberle dicho quién era, pero había sido agradable saber lo que otras personas decían sobre ella. Ya se figuró que a Beau no le iba a gustar la idea.

La cicatriz de su cara destacaba mucho más a plena luz del día, una marca roja que contrastaba con su blanca tez. No le restaba belleza en absoluto, todo lo contrario, le daba más carácter a su rostro. Le hacía parecer peligroso como un pirata.

A juzgar por su mirada desafiante y fría, Jaz supuso que ése era un comentario que no apreciaría en absoluto.

Aparte de la cicatriz, era uno de los hombres más

atractivos de la pequeña pantalla. Rondaba los cuarenta, medía más de dos metros de altura y era ágil y extremadamente masculino. Su cabello, abundante y oscuro, plateaba ya en la zona de las sienes. Tenía una barbilla poderosa y cuadrada que enmarcaba sus facciones.

No era de extrañar que Madelaine, de cuarenta y cinco años, viuda desde hacía ocho, hubiera insistido tanto en que aceptara la invitación para acudir a su casa. Además de haber tenido el honor de ser la primera en invitar al nuevo y célebre vecino a su casa, Beau Garrett se había convertido, sin duda alguna, en el soltero de oro del pueblo. El hombre más atractivo de entre los casaderos de la zona.

Jaz no veía mucha televisión ni leía revistas del corazón. Hecho por el que desconocía todo lo que se cotilleaba sobre Beau y si estaba casado o no. Lo único que sabía, sólo con ver la dureza de las líneas de expresión que rodeaban sus ojos, es que no parecía que pudiera llegar a ser un marido fácil.

Por suerte para ella, Jaz no estaba interesada en él. Sus servicios de jardinería y el vivero le robaban tanto tiempo y esfuerzo que no tenía ni tiempo de mimarse a sí misma. Por lo que la idea de tener un día marido e hijos estaba fuera de su alcance.

–¿Jaz? –consiguió finalmente articular él.

–Es una abreviatura de Jasmina –explicó ella levemente sonrojada y con cara de asco–. Pero no se le ocurra llamarme así. El último que lo hizo aún tiene moretones.

La cara de Beau se relajó al oír la divertida amenaza.

–La entiendo. Yo siento lo mismo por Beauregard. Los padres deberían acatar su responsabilidad por elegir nombres así para sus indefensos hijos.

Jaz estaba de acuerdo con él y, tras conocer el verdadero nombre de Beau, no sabía si seguir compadeciéndose de sí misma o de él.

–Si alguna vez tengo un hijo, lo llamaré Mary si es una niña o Mark si es un niño. Nombres sencillos y sólidos que no admiten diminutivos ni tienen que soportar bromas –aseguró Jaz.

–Una cosa que no entiendo es el nombre de la empresa: «J. Logan e Hijos».

–Bueno, mi padre se llamaba John y ese nombre es el resultado de lo que él consideraba una broma.

–Habla de él en pasado –advirtió Beau.

Jaz inclinó la cabeza. Beau no era del pueblo, pero lo parecía. Estaba haciendo un buen trabajo obteniendo información de sus vecinos.

–Mi padre murió hace tres años. Yo tenía 22 años y acababa de terminar la carrera. Dejé el rótulo de la empresa tal y como estaba. No sé, siempre ha estado allí –concluyó poco convincente.

Sabía que no era la verdad, pero prefirió no contarle nada más a Beau. Para ella era un recordatorio. No estaba segura de qué pero el caso es que, cada vez que miraba el rótulo, le daba nueva fuerza y resolución para seguir con la empresa y conseguir triunfar con ella.

–¿Y su madre? –siguió preguntando.

–Bueno, creo que a ella tampoco le gustó la broma. Nos abandonó a mi padre y a mí cuando tenía diecisiete años – contestó algo arisca.

–Lo siento.

–No lo sienta –contestó ella mientras se sentaba de nuevo a la mesa de la oficina.

No iba a contarle que su madre no se fue sola. Ni que ella y su amante se mataron en un accidente de coche tres meses más tarde en el sur de Francia.

–¿Sabe, señor Garrett? –dijo ella observándolo–. Es muy bueno haciendo esto, no me extraña que su programa tenga tanto éxito si consigue que sus invitados hablen de sí mismos como lo ha hecho conmigo.

Hacía muchísimo tiempo que no hablaba sobre su madre y lo que pasó. Pero Beau Garrett había conseguido, en sólo unos minutos, que le contara la mitad de su vida. Por suerte, él pareció preferir no ahondar más en su vida y su rostro recobró la dureza de antes.

–Bueno, mejor hablamos de lo que me ha traído hasta aquí –comenzó–. Ya sabe cuál es mi problema así que lo único que quiero saber es si va a tener tiempo de arreglar mi jardín.

–Por supuesto –contestó ella con la misma frialdad–. ¿Quiere que me pase por allí esta tarde y le haga un presupuesto?

–¿No tiene que consultar su agenda antes o algo así? –preguntó él extrañado.

–No –respondió resuelta.

–¿Tampoco necesita saber qué es lo que quiero que haga?

–Bueno, podemos hablar de ello cuando vaya hoy.

–Veo que no hay mucho trabajo por aquí, ¿verdad? –inquirió él sarcástico.

La verdad era que no había nada de trabajo en marzo. Sus clientes habituales no necesitaban aún cuidados en su césped ni en sus flores. Y las plantas que crecían en los invernaderos tampoco requerían ya mucha atención. No tenía ningún proyecto paisajístico a la vista. Esperaba que, si conseguía el trabajo del señor Garrett, el adelanto que le diera sirviera para pagar algunas de las facturas que se acumulaban sobre su mesa.

–No, no hay mucho trabajo –contestó ella–. Pero siempre es así en marzo. Ahora, sin embargo, es el me-

jor momento para limpiar y reorganizar un jardín
–agregó un poco a la defensiva.

–La creo, la creo –aseguró Beau con sorna.

–No me pudo creer que comprara la vieja casa parroquial –dijo ella mirándolo.

Un mes antes, cuando se colgó el cartel de «Vendida»
en la propiedad, todo el pueblo ardía en deseos de saber
quién habría sido el que se había decidido a comprar tal
monstruosidad. La casa era grande, vieja y se encontraba
en muy mal estado. Nadie la había ocupado desde que se
fueran los últimos inquilinos cinco años antes. Éstos decidieron mudarse a un chalet más moderno a las afueras
del pueblo. Se quejaban de que la casa era tan grande
que era muy difícil mantenerla caliente, de que había go-
teras y del mal estado de las tuberías y la electricidad.

–¿Por qué? ¿Hay alguna razón por la que no debería haberlo hecho? –preguntó él.

–Bueno, no está en muy buenas condiciones –comentó tímida.

–El contratista ha empezado a trabajar en ella esta
mañana –aseguró Beau, esperando desafiante que ella
enumerara más motivos contra la adquisición de la
casa.

–Pero le queda un poco lejos de su trabajo. Es un
largo viaje hasta Londres.

Su programa de televisión se había emitido a las
diez de la noche de los viernes durante los últimos diez
años, en horario de máxima audiencia. Sus entrevistas
constituían la base de su éxito, al que también había
contribuido su gran atractivo físico. Pero el pueblo estaba a unos trescientos cincuenta kilómetros de Londres, donde estaba situado el estudio.

–Fenomenal –contestó él sin añadir más información.

–Además la casa es demasiado grande para una sola

persona. A no ser que traiga a su familia también, claro
–añadió.

–Pues no –respondió de nuevo ambiguamente–.
¿Volvemos al tema del jardín?

Jaz se dio por enterada, siempre respetuosa con la
intimidad de las personas. Él no quería hablar de su
vida privada con ella. De hecho, ni con ella ni con nadie.

–Claro. Como le decía, me puedo pasar esta tarde y
hablar de lo que necesita el jardín. Después, si estamos
de acuerdo, puedo empezar a trabajar en él el miércoles por la mañana, si le viene bien.

–De acuerdo –asintió con tono seco–. Espero que
sea más profesional que el contratista, me prometió
que empezaría la obra hace una semana.

–¿Y ha empezado hoy? –preguntó sorprendida–.
Pues no está nada mal, se ve que le ha dado buena impresión.

–No. Lo que pasa es que le he dado la lata llamán-
dolo cada día para ver cuándo iba a empezar.

–¡Vaya! –exclamó Jaz riendo–. Creo que se va a
adaptar fácilmente a la vida aquí, después de todo. Veo
que sabe cómo tratar a gente poco profesional.

–No se trata de saber cómo tratarlos. Lo que pasa es
que no aguanto a gente así.

No hacía mucho que lo conocía, pero Jaz ya se había dado cuenta del poco aguante que tenía con las personas. El contratista, quien sin duda sería Dennis Davis, era conocido por la informalidad y poca puntualidad
a la hora de empezar los trabajos. Jaz recordó cómo la
tuvo esperando durante semanas antes de ir a reparar el
tejado de uno de los cobertizos.

–Le aseguro, señor Garrett, que estaré a las dos y
media en su casa. Soy muy puntual –dijo con una sonrisa comprensiva.

–Llámame Beau –la ofreció de repente.

Jaz se sonrojó, no se veía capaz de tutear a un hombre tan célebre como él. Toda una personalidad de la televisión nacional. No sabía si estaba preparada para tal familiaridad.

–Y tú a mí Jaz –respondió incómoda–. Entonces, a las dos y media.

–Me he quedado sin café y me tendré que pasar por la tienda de camino a casa –comentó con una divertida sombra de sarcasmo en los ojos–. Espero poder escaparme a tiempo y estar a esa hora en casa.

Barbara Scott, la tendera, además de ser una persona extremadamente meticulosa y ordenada, era una de las mayores cotillas del pueblo. Así que Beau estaba en lo cierto previendo que su visita a la tienda se prolongase más allá de lo necesario.

–Tendrás que acostumbrarte a la vida en un pueblo.

–Estoy empezando a pensar que no voy a poder –contestó él.

Jaz permaneció en la puerta observando la decisión con la que Beau se dirigía a su todoterreno negro, que permanecía aparcado en medio del barro. Al alejarse con el coche, la despidió con la mano.

La sonrisa de su cara desapareció al ver la pila de facturas sobre la mesa del despacho. Esto la devolvió duramente a la realidad, aunque aún seguía pensando en el último comentario de Beau. Ella también tenía la impresión de que le iba a resultar complicado adaptarse a la vida en el pueblo.

«Entonces, ¿por qué ha venido a vivir aquí?», se preguntó.

Capítulo 3

PERDÓN por el retraso –dijo avergonzada cuando Beau abrió la puerta de la casa–. Salí a tiempo, pero se me ha pinchado una rueda de camino a aquí y he tenido que parar a cambiarla. Y luego...

–Despacio, Jaz –la interrumpió–. Y tranquilízate –añadió viendo su congestionada cara–. Tienes tierra en la mejilla.

Jaz se limpió la cara con la mano.

–La otra mejilla –dijo él–. Anda, entra –añadió impaciente–. El lavabo está allí, en la puerta de la izquierda. La cocina, al final del pasillo. Vete para allá cuando hayas terminado.

Jaz estaba furiosa. Precisamente ese día, después de prometerle a Beau que iba a ser muy puntual, tenía que pinchársele una rueda. Se frotó la cara con rabia para limpiarse el barro.

A menos de un kilómetro de la casa parroquial se había dado cuenta de que la furgoneta no funcionaba bien, había estado dando bandazos todo el camino hasta que se paró a un lado de la carretera para descubrir que uno de los neumáticos estaba pinchado.

La rueda de repuesto no estaba en muy buenas condiciones tampoco, pero al menos no estaba pinchada. Tardó muchísimo en quitar la rueda averiada. La furgoneta era tan vieja que todos los tornillos se habían oxidado. Para colmo de males, era la primera vez en su vida que le tocaba hacer un cambio de rueda.

Tenía una buena excusa, pero el caso era que había llegado a la casa del que podía ser su cliente media hora más tarde de lo prometido.

–Siento mucho haber llegado tarde, de verdad –se disculpó de nuevo minutos después al entrar en la cocina.

La transformación de la cocina era tan grande que se quedó parada y sin palabras. La última vez que la vio había estado en tan malas condiciones como el resto de la casa, con el suelo de linóleo destrozado, los muebles pintados de un gris muy poco atractivo, del mismo color de los baldosines de las paredes. Las encimeras eran negras, completamente deprimentes. Y el horno y el resto de los electrodomésticos, anticuados.

Tras la reforma, el linóleo había sido cambiado por losas en tonos suaves, los nuevos armarios eran de roble claro, el amarillo de las paredes transmitía alegría. Y la nueva y elegante calefacción mantenía la casa caldeada.

–¡Vaya! –exclamó con admiración–. Está preciosa.

Beau terminó de preparar dos tazas de café y las acercó a la mesa, junto con la leche y el azúcar.

–No estaba dispuesto a mudarme aquí hasta tener una cocina en condiciones –explicó mientras la invitaba a sentarse a la mesa con un gesto.

Jaz se sentó, ya no se sentía tan nerviosa. La calidez de la cocina consiguió relajarla.

–No me extraña. Recuerdo que siempre era una habitación fría y desapacible –dijo ella agregando leche a su café y tomando un primer reconfortante sorbo.

–¿Siempre? –preguntó Beau mientras se sentaba frente a ella.

«No se le escapa nada, tendré que tener más cuidado», pensó Jaz.

–Verás –comenzó–. Será mejor que te lo cuente yo

antes de que te pongan al día los demás. Mi abuelo fue el último vicario que vivió aquí. El que vino después de él se mudó a la nueva casa parroquial, la que está al otro lado del pueblo. Allí viven ahora los Booth. El caso es que solía pasar mucho tiempo aquí cuando era pequeña.

—Ya entiendo —dijo él en tono suave.

—¿Lo entiendes? —preguntó ella mirándolo fijamente.

—La verdad es que no —dijo con una sonrisa Beau—. Pero supongo que si me quedo aquí el tiempo suficiente acabaré enterándome de todos los cotilleos y rumores.

Jaz estaba de acuerdo con él, de una manera u otra, se acabaría enterando de todo.

—¿Qué tal te fue en la tienda esta mañana? —preguntó ella.

—Como me temía. Después de quince minutos lidiando con las preguntas personales de la señora Scott apareció otro cliente y aproveché el momento.

—Para huir rápidamente, supongo —supuso ella sonriente.

—Muy rápidamente —confirmó Beau.

—No te preocupes demasiado. Cuando lleves aquí veinte o treinta años empezarán a perder interés —advirtió divertida.

—¡Fenomenal! Creo que la vida en los pueblos no es como me la imaginaba —agregó indignado.

—Ya. Te imaginabas pajaritos piando en los setos, niños jugando en las calles y vecinos charlando felices sobre las vallas.

—Algo así —contestó con tono seco.

—Bueno, también puede ser así, pero no en marzo. Hace demasiado frío —explicó sonriente—. Y detrás de los pájaros cantando, los niños jugando y la gente hablando, te darás cuenta de que los rumores y los cotilleos siempre están presentes, manteniéndonos unidos.

—Eso me sobra –dijo con dureza.

—Intenté avisarte el otro día –contestó Jaz.

—Un poco tarde. Ya me había comprado esta casa.

—Sí, un poco tarde. Pero no te preocupes. Si te quedas aquí, acabarás acostumbrándote.

—Me quedaré aquí, pero recluido en esta casa. No quiero dar a los vecinos más motivos para chismorrear sobre mí y mi vida.

Jaz pensó que no era el mejor momento para decirle que eso no importaba en absoluto. Les diese motivos o no, ella sabía que cotillearían acerca de él de todas formas. El mero hecho de que una estrella televisiva se hubiera mudado allí era motivo suficiente para que todos los habitantes de Aberton anduviesen locos intentando averiguar las razones por las que se había decidido a comprar casa allí. Lo último que había oído, en boca del cartero esa misma mañana, era que Beau Garrett estaba intentando curar su corazón roto cuando la mujer de su vida lo abandonó tras sufrir el accidente que dejó la cicatriz en su cara.

Quizás fuese verdad, no tenía ni idea. Otros decían que estaba cosechando información para escribir un libro. Qué tipo de información o qué tipo de libro no estaba claro aún.

Lo que ella sabía es que Beau Garrett quería vivir en paz y soledad. Pero no estaba dispuesta a contárselo a nadie, no quería echar más leña al fuego de los rumores y se mostraba evasiva con los vecinos.

—¿Quieres que echemos un vistazo al jardín? –sugirió ella de pronto.

—Yo lo llamo la jungla –dijo Beau levantándose–. Aunque espero poder rebautizarlo como jardín algún día.

Salieron afuera y se encontraron con un jardín que, efectivamente, parecía más una jungla que otra cosa. Basura y despojos se acumulaban por todas partes. El césped había crecido hasta la altura de las rodillas y había hierbajos por todas partes. Algunos árboles tendrían que ser talados. El invernadero, objeto de los cuidados y mimos de su abuela durante años, estaba casi en ruinas, con todos los cristales rotos.

Al mirarlo, Jaz recordó su infancia, las tardes pasadas jugando en ese jardín, las cabañas construidas entre los arbustos, las meriendas al aire libre con sus abuelos. Se acordó del columpio bajo el manzano, allí sentada soñó muchas veces sobre su futuro, cuando ella tuviera su propia casa, con manzanos, columpios y niños jugando en ellos. A los veinticinco, se había acostumbrado a la idea de que esos sueños nunca se harían realidad.

–Está hecho un desastre, ¿verdad? –dijo él con aspereza.

Jaz volvió a la realidad, a su realidad de jardinera. Estaba allí para trabajar, no para compadecerse recordando su pasado.

–No es para tanto –contestó tajante–. Hay mucho que limpiar antes de pensar en organizarlo todo, pero creo que es recuperable.

–Veo que eres más optimista que yo. A veces me pregunto por qué me habré comprado un sitio como éste –concluyó pensando en voz alta.

–Quizás estuvieras buscando tu paraíso particular –dijo ella, más afectada por los recuerdos de la casa de lo que quería admitir–. Mi abuelo nos decía siempre que hay que estar contento y satisfecho con uno mismo para llegar a ser feliz.

Ella, sin duda, sabía mejor que nadie lo que era estar descontenta.

–¿En serio? –dijo él, con el mismo tono sarcástico y distante de la noche del viernes.

Jaz se giró, dándole la espalda, avergonzada por haber pisado la imaginaria línea que los separaba.

–Lo siento, no me refería a ti. No debería haber dicho nada –se disculpó de forma poco convincente.

Jaz sabía que el verse de nuevo en esa casa, enfrentada a sus recuerdos, había provocado tal comentario. Y el hecho es que no se había referido a él sino a ella misma.

–No importa –aseguró fríamente–. ¿Vas a poder empezar el miércoles por la mañana?

–Sí, desde luego.

–Muy bien. Estás contratada –espetó cortante–. Y ahora, si no te importa... Tengo mucho que hacer.

A Jaz no le importaba en absoluto, estaba deseando salir de allí. Ya había rememorado su pasado bastante para un solo día.

–¿Quieres que te haga un presupuesto sobre...?

–No, hazlo y ya está –la interrumpió impaciente–. Después me mandas la factura y punto.

–Voy a tener que encargar un contenedor de basura para todo esto y... –comenzó ella tímidamente.

–Si necesitas un adelanto, ¿por qué no lo pides claramente?

–Bueno, la verdad es que odio pedir dinero a la gente –contestó desafiante, harta ya de la dureza y grosería de sus palabras, olvidando la compasión que su cicatriz había suscitado en ella.

–Entonces no me extraña que tengas las ruedas de la furgoneta tan viejas que se pinchan. Es obvio que tu empresa se está desmoronando. ¡Y la ropa que llevas harían que un espantapájaros pareciese bien vestido! –soltó él antes de entrar de nuevo en la cocina.

Jaz se quedó tan parada que no pudo replicar al ataque. El hecho de que además tuviera razón en todos sus comentarios, no ayudaba en absoluto.

La furgoneta estaba muy vieja, parte de la herencia que su padre le había dejado, junto con el vivero. Su ropa era impresentable, pero hacía mucho que no se podía permitir comprarse nada nuevo. ¡Pero de ahí a tener que escuchar cómo Beau Garrett la atacaba por todo ello!

–Lo siento –dijo él con suavidad.

Jaz se quedó parada al oír su voz detrás de ella. Se tragó las lágrimas que asomaban en sus ojos, no quería darle la satisfacción de ver cómo la había herido.

–Jaz... –insistió él.

–No te disculpes, has dicho la verdad –aseguró alegre, girándose para mirarlo, pero sin dejar que sus ojos azules se encontraran con los de él.

–No, no –dijo sacudiendo la cabeza–. No debería haber pagado contigo mi mal genio.

–Bueno, quizás yo tampoco debería haberte hablado de forma tan personal. Es este sitio... –dijo con un suspiro–. Se me había olvidado.

–¿Olvidado el qué? –preguntó con interés.

Jaz se sintió atrapada en la intensidad de su mirada gris, como debía de sentirse un conejo frente a los faros de un coche: apresada, hipnotizada, incapaz de moverse. En su socorro llegó su propio instinto de privacidad, que la ayudó a apartar la vista de él y contestar a su pregunta.

–Nada importante –aseguró con ligereza.

La miró con incredulidad, a sabiendas de que había algo más, pero ella seguía impasible, sosteniendo su mirada. Así que se encogió de hombros y le entregó un cheque

–Aquí tienes. Supongo que será suficiente para cubrir los gastos iniciales.

Jaz miró el cheque y pensó que esa cantidad sería probablemente suficiente para pagar todo el trabajo, no sólo los primeros gastos.

Su orgullo le impedía aceptar tanto dinero, pero la necesidad ganó la batalla y se calló. Al fin y al cabo, iba a encargarse de este proyecto y ése era un precio justo por él. No se sentía como si estuviese aceptando más dinero del que iba a necesitar. Ese cheque pagaría sus facturas más urgentes y podría ampliar su menú habitual de judías, tomates y tostadas. Se le hizo la boca agua sólo pensando en poder cenar pollo asado y se olvidó de su orgullo.

–Gracias –dijo mientras metía el cheque en el bolsillo de sus vaqueros–. Estaré aquí el miércoles a las ocho.

Beau se estremeció al oír el tremendo ruido que Dennis estaba haciendo instalando el andamio para reparar el tejado.

–Mejor a las nueve. Me voy a pasar un buen tiempo en medio de una zona de obras y quiero empezar el día con un poco de paz, al menos hasta las nueve de la mañana.

Iba a serle difícil encontrar paz en Aberton. El haber aceptado la invitación de Madelaine del viernes anterior había abierto la veda y a aquélla se añadirían invitaciones de todas las anfitrionas del pueblo para que asistiera a almuerzos y cenas. Desde Barbara Scott, la tendera, hasta Betty Booth, la joven mujer del vicario, todas se sentirían ofendidas si él rechazara sus invitaciones después de haber aceptado la de Madelaine. Claro que Jaz se figuraba que a Beau no le iba a importar demasiado ofenderlas o no.

–A las nueve está bien –afirmó, y antes de irse añadió–: Yo que tú vigilaba a Dennis, tiene tendencia a montar los andamios y olvidarse después de volver a hacer el trabajo encargado.

—No, de éste no se olvidará —afirmó él con seguridad.

Seguramente tuviera razón, hasta el vago de Dennis se debía de haber dado cuenta ya de que no convenía hacer enfadar a Beau Garrett. Algo que ella misma debía recordar si no quería perder el proyecto del jardín de su casa. Lo malo eran todos los recuerdos que ese sitio provocaban en su interior. Recuerdos de los que le hubiera gustado poder librarse.

Capítulo 4

QUÉ se supone que estás haciendo?
Jaz, que estaba intentando mover una enorme piedra, se giró sorprendida al oír la furiosa voz de Beau Garrett detrás de ella. El viento era tan fuerte esa mañana que tenía todo el pelo enmarañado y encima de la cara. A duras penas vio cómo se acercaba a ella desde el otro lado del jardín.

–¿Qué dices?

–He dicho –gritó él recogiendo la piedra y tirándola a la carretilla–, he dicho que qué crees que estás haciendo.

Cuando Jaz pudo reaccionar y apartarse el pelo de la cara se encontró con la mirada gris y fría de Beau Garrett. Parecía tan enfadado que deseó no haberle mirado. No era desagradable a la vista ni mucho menos. Su viril figura, enfundada en vaqueros y una sudadera, era tremendamente atractiva. Pero su cara, con la cicatriz destacando a plena luz del día y sus ojos encendidos por el enfado, la hicieron dar un paso atrás.

–No te preocupes, no voy a tirar las piedras... –arguyó ella como explicación.

–Las piedras me importan un rábano –interrumpió Beau–. Lo que quiero saber es por qué las estás recogiendo tú.

–Ya te lo dije –replicó confusa–. Tengo que apartar todos los escombros para poder despejar la zona.

Había llegado a la casa una hora antes, no había señal de Beau Garrett por ninguna parte, su todoterreno no estaba a la entrada de la casa y nadie contestó cuando llamó al timbre. Dennis, subido al tejado, era el único presente en la propiedad en aquel momento.

Ante tal situación, Jaz accedió al jardín por la puerta lateral y ya había llenado la mitad del contenedor con bicicletas viejas, cacharros y otros desperdicios. Había encontrado hasta una bañera que, de forma inexplicable, había ido a parar al jardín también.

–Cuando acordamos que harías el trabajo pensé que ibas a tener a alguien para ayudarte –dijo él con mirada de desaprobación.

–¿A alguien? –preguntó Jaz.

–Sí, un peón o alguien que te ayudara con los trabajos más pesados –explicó impaciente.

–Te refieres a un hombre –dijo despacio.

–Sí, eso, un hombre –contestó irritado–. No tenía ni idea de que fueras a hacer todo el trabajo tú misma.

–Señor Garrett,...

–Beau –la interrumpió.

–Beau –concedió ella asintiendo–, a parte de Fred, el anciano que está en el vivero, no tengo empleados. Soy como el hombre-orquesta, lo hago todo yo y...

–La mujer-orquesta –interrumpió de nuevo.

–¿Y eso es un problema?

–Claro que sí. No puedo permitir que recojas todo esto y lo lleves al contenedor por ti misma.

–Estoy usando una carretilla.

–Sí, lo que tú digas.

–Ya sé que no soy muy grande pero soy bastante fuerte, ¿sabes? –dijo ella sonriendo.

Él la miró de arriba abajo, no muy impresionado con su metro sesenta de estatura y talla treinta y ocho.

–Puede que seas fuerte –agregó escéptico–, pero no voy a permitir que despejes toda la parcela tú sola.

Lo que Jaz tenía claro era que no iba a gastarse parte de su dinero en contratar a un peón durante un par de días. Sobre todo cuando sabía que lo podía hacer ella sola.

–Yo te ayudo –ofreció él.

Beau parecía haber adivinado lo que preocupaba a Jaz. Ésta no podía creerse que toda una estrella de la televisión, elegante urbanita y uno de los hombre más sexy de Inglaterra según las votantes de una revista, fuera a ayudarla a tirar escombros y basura como si fuera un vulgar peón.

Una cosa era que Jaz hubiera renunciado a sus sueños de casarse y formar una familia y otra muy distinta era que fuese inmune a hombres como él. Era muy consciente de la sensualidad que Beau despertaba en ella. Era un hombre extremadamente sexy, demasiado atractivo para su propio bien y el de todos los demás.

–No creo que sea una buena idea –dijo ella sacudiendo la cabeza.

–¿Por qué no? –soltó impaciente.

La verdad es que Jaz, con sus viejos vaqueros, su sucia sudadera y la cara enrojecida por el trabajo, se sentía tan atractiva como las bicicletas que acababa de tirar al contenedor y no le apetecía en absoluto trabajar a su lado. No pensaba que Beau fuese a fijarse en ella ni aunque Jaz se arreglara y vistiera con su mejor ropa pero, aun así, tenía que conservar su dignidad.

El comentario de Beau sobre ella y el espantapájaros le había dolido mucho aunque no lo quisiese admitir.

–Mi seguro no se haría cargo de los daños que puedas...

–¿El seguro? ¡Tonterías! –exclamó con mordacidad–. Éste es mi jardín y ésa mi basura. Si quiero ayudarte a tirarla es mi problema, no el tuyo.

–No sé si la compañía de seguros lo vería así...
–prosiguió ella con poca convicción.

Se dio cuenta de que estaba perdiendo el tiempo
con él. No iba a convencerlo. Beau levantó una de las
piedras más grandes de esa esquina del jardín.

–¿De dónde habrán salido todas estas piedras?
–dijo mientras la dejaba en la carretilla.

–¿Te refieres al jardín de piedras de mi abuela?

–Debería habérmelo imaginado –dijo mirándola
arrepentido.

–Sí, tenía mucho cariño a su jardín de piedras –dijo
ella con los ojos azules llenos de picardía.

Beau iba a coger otra piedra cuando se paró y la
miró.

–¿Vas a ayudarme o vas a estar mirando todo el
día? –la preguntó.

–Sí, perdona. Es que no termino de creerme que
quieras hacer esto –dijo avergonzada levantando alguna de las piedras más pequeñas.

–Pues créetelo. Además, ¿piensas que podría irme
dentro y ponerme a leer tan tranquilo el periódico, sabiendo que estás aquí limpiándolo todo sola? –preguntó él mientras se sacudía las manos en los pantalones.

–Podrías hacer como que no me has visto –sugirió
ella encogiéndose de hombros.

–No, no podría –dijo él mirando a las piedras que
todavía había en el suelo–. Si ponemos todas éstas en
el contenedor no va a ver sitio para nada más.

–No, estas piedras no van al contenedor –dijo Jaz
alegremente.

–¿No? Entonces, ¿qué vas a hacer con ellas?

–No te preocupes, no las voy a robar, no soy de ese
tipo de gente.

–Ya, ya me lo imagino.

–Lo que voy a hacer con ellas es guardarlas en el invernadero.

–La última vez que entré allí estaba lleno de colillas y latas vacías de cerveza, supongo que era uno de los sitios favoritos de los chavales del pueblo para celebrar sus fiestas –dijo con una mueca.

–Ya he tirado toda esa basura al contenedor.

Beau agarró la carretilla y se dirigió al invernadero.

–¿Y para qué quieres conservar todas estas piedras? –preguntó impaciente mientras empujaba la carretilla.

–Más adelante quiero usarlas para hacer otro jardín de piedras –contestó ella sin mirarlo a la cara.

Si alguien le hubiera dicho, una semana antes, que iba a estar trabajando codo con codo con Beau Garrett se habría muerto de risa.

Tardaron otros diez minutos en terminar de colocar todas las piedras en el invernadero.

–Es la hora del café, ¿no? –sugirió Beau.

–Pero... –Jaz no pudo terminar su protesta cuando lo vio mirándola fijamente.

La fría mirada de Beau tenía una gran influencia en sus interlocutores. Jaz pensó que así debía de ser como hacía callar a los invitados en su programa de televisión.

–Hora del café. Ahora mismo. Dentro de la casa. ¡Venga! –dijo telegráficamente.

–¿Llamo a Dennis para que lo tome con nosotros? –preguntó de forma burlona.

–¡Ni hablar! –exclamó mordaz.

–Entonces no te molestes por mí. He traído mi propio termo con café, lo tengo en la furgoneta.

Inmediatamente después de decirlo se avergonzó de ello sin saber muy bien por qué. Cuando tenía que pasar el día trabajando fuera del vivero siempre llevaba consigo café y un bocadillo. Esa vez, y gracias al sustancioso cheque de Beau, había podido meter algo más que mermelada en el bocadillo.

–Guárdalo para después –dijo él dirigiéndose hacia la casa sin esperar a que ella le replicara.

Jaz se dio cuenta de que estaba acostumbrado a que lo escucharan y obedecieran, así que le siguió sin protestar. Pensó que si no se adaptaba a la forma en que las cosas se hacían en Aberton, nunca sería feliz allí.

Se sentía culpable de que Dennis siguiera trabajando en el tejado mientras ella entraba a tomar una taza de café pero, algo egoístamente, reconoció que estaba encantada con poder saborear un café tan delicioso como el que Beau le había ofrecido el lunes anterior.

El aroma del café llenaba la cálida cocina. Jaz dejó las sucias botas en el recibidor y entró en la cocina sólo con los calcetines.

–Huele fenomenal –dijo agradecida mientras él le servía una humeante taza de café–. Antes, cuando dudé de que me pudieras ayudar con las piedras, no intentaba ser maleducada. Lo que pasa es que me resulta tan extraño, la última vez que te vi estabas entrevistando a Catherine no-sé-qué, la actriz que ganó el Oscar.

Beau se quedó inmóvil un instante, con expresión sombría, y se dirigió a la encimera a recoger su taza de café.

–Una mujer muy bella –dijo él de forma seca.

–Sí, bellísima –agregó Jaz.

No pretendía molestarlo recordándole su programa de televisión, pero parecía que ésa era la reacción que había provocado, a juzgar por su fría conducta.

–Señor... Digo, Beau –comenzó ella–. Siento haber...

–¿Te vas a pasar las próximas semanas disculpándote cada dos por tres? Espero que no, va a ser muy aburrido –la interrumpió él, aún tenso, con una sonrisa retadora.

Su comentario consiguió sonrojarla de nuevo. Beau había conseguido darle la vuelta a la tortilla. Ahora la miraba detenidamente, lo que consiguió aumentar su rubor.

–Te das un aire a Catherine, ¿sabes? –dijo él despacio.

–¿Yo? ¡Sí, claro! –contestó ella con ligereza.

Su sonrisa flaqueó y acabó desapareciendo al ver, en el gesto adusto de Beau, que no le había hecho gracia su respuesta. Se miraron en silencio durante varios minutos. Ambos serios y con el ceño fruncido.

–Dijiste eso para cambiar de tema, ¿no? –lo acusó ella.

–Así es –contestó sin alterarse, sin dejar entrever si realmente creía que se parecía a la actriz o no.

Jaz no se había tomado en serio su comentario. Con su enmarañado pelo, su cara siempre desmaquillada y los harapos a los que llamaba ropa no se parecía en nada a la bella y elegante actriz. Estaba segura de que Beau lo había dicho para distraerla y dejar de lado el tema de su programa de televisión. Estaba claro que era un tema peliagudo aunque no entendía por qué no quería hablar de su exitosa carrera.

–Creo que tu comentario sobre Catherine Zeta-Jones ha sido bastante cruel –lo recriminó ella.

–¡Se acabó la hora del café! –decidió él de repente–. Y mi comentario no ha sido cruel en absoluto. Creo que es tu boca. El labio superior forma una curva perfecta y el inferior es grueso y sensual. Como la de ella.

Jaz no podía creerse lo que estaba oyendo. Instintivamente, sin darse cuenta de lo que hacía, se pasó la lengua por los labios que, tan detalladamente, acababa de describir él. Se le entrecortó el aliento al ver que Beau tenía la mirada fija en su boca.

Tenía veinticinco años pero muy poca experiencia. Sobre todo con hombres como Beau Garrett. Había tenido pocas citas durante su adolescencia y muchas menos durante los últimos años. No recordaba que nadie la hubiese mirado antes como lo hacía él, como un hombre mira a una mujer. No se sentía cómoda.

—Creo que tienes que ir al oculista —dijo ella sin tomarse en serio su comentario.

Él sonrió con sinceridad, por primera vez desde que Jaz lo conocía. Una sonrisa abierta que dejaba a la vista sus blancos dientes. Los ojos reflejaban calidez y su rostro parecía mucho más joven, casi infantil. Jaz estaba como hipnotizada por la visión. Una situación que no beneficiaba a nadie.

—¿Crees que estoy perdiendo vista con la edad? —preguntó él fingiendo tristeza.

«Nada más lejos de la realidad», pensó ella. Cuando sonreía como lo acababa de hacer resultaba tan atractivo que era casi insoportable. Jaz apuró de un sorbo el café que quedaba en la taza y se levantó deprisa sin mirarlo a los ojos.

—Bueno, tengo que volver al trabajo —farfulló nerviosa dirigiéndose a la puerta.

—Jaz —dijo él en voz baja.

Ella se paró, respiró para relajarse y se volvió.

—Dime.

Se acercó a ella y la miró.

—No puedo creerme que sea el primer hombre que te diga lo bella que eres y...

—¡Ahí te has pasado! —le reprochó ella decepcionada.

Hasta ese momento Jaz había sentido que le empezaba a gustar, incluso le había hecho gracia su anticuado modo de pensar, al decirle que cargar con piedras era trabajo de hombres. Pero tras el último comentario, Jaz se sintió dolida, objetivo inocente de su despiadada crueldad.

–Gracias por el café, señor Garrett, pero se acabó la diversión, tengo que seguir trabajando –le espetó con sequedad antes de girarse de nuevo hacia la puerta.

Pero antes de que se diera la vuelta, las manos de Beau sujetaron sus brazos con firmeza. Él la buscó con la mirada, pero sólo encontró resentimiento en los ojos de Jaz.

Desde que su madre los abandonara había sido muy difícil vivir en el pueblo, donde todos tenían memoria de elefante. Pero allí había nacido y allí pretendía quedarse. Los comentarios y cotilleos no iban a conseguir que se fuera. Con los años, los rumores habían ido suavizándose y lo último que necesitaba era que un forastero como Beau Garrett la hiciera sufrir cuando su vida comenzaba a ser más llevadera.

La cara de Beau reflejaba más incredulidad que enfado.

–Pero, Jaz...

Un golpe en la puerta interrumpió sus palabras.

–¡Hola! ¿Hay alguien en casa? –gritó Dennis, el contratista.

Sin esperar respuesta abrió la puerta y se encontró a Jaz y al célebre Beau Garrett demasiado cerca el uno del otro para ser simplemente dos personas que acababan de conocerse.

Capítulo 5

JAZ abrió las cartas, todas facturas, todas menos una. La abrió y le tembló la mano. Era una hoja en blanco. Leyó la única frase que allí estaba escrita, no podía creérselo. Sólo cinco palabras, pero cinco palabras que estaban produjeron en ella el efecto buscado por quien las había escrito y enviado.

De tal madre, tal hija.

«Yo no me parezco en nada a mi madre», pensó ella irritada, dejando la carta sobre el resto de facturas que llenaban el escritorio del vivero. Se levantó y comenzó a andar inquieta de un lado a otro, mirando de vez en cuando la carta anónima. No entendía qué quería decir, a qué se refería, en qué sentido era ella la imagen de su madre.

«¡El sobre!», se acordó de pronto. Miró el sobre en busca del sello de correos, intentando averiguar cuándo había sido mandada, la dirección del remitente. Pero no había ninguna pista, todo, como el mensaje de dentro, estaba impreso con ordenador y no había sello. Alguien se había molestado en llevarlo en persona.

Jaz se dio cuenta de que habría sido algún vecino el que habría escrito la carta. Sin duda alguien a quien ella conocía. La idea de tener vecinos así le revolvió el estómago. Pero no había ninguna otra explicación. La carta había sido dejada en su oficina junto con todas las demás mientras ella trabajaba fuera del vivero.

–¿Hay alguien aquí? –dijo una voz al otro lado de la puerta.

Jaz reconoció fácilmente su voz. Tomó la carta, la metió de nuevo en el sobre y guardó éste en el cajón del escritorio en el mismo momento en el que Beau Garrett entraba en el despacho.

–¿Sí? –dijo ella sin apenas aliento.

Se colocó frente al escritorio. Sin duda un gesto inconsciente que parecía querer evitar que la carta, dotada de vida propia, saliera del cajón y fuera a parar a manos de Beau. Por un instante pensó en enseñársela, en compartir esa carta con alguien para quitarle hierro al asunto, pero pronto rechazó la idea. Era una carta desagradable, pero no era de la incumbencia de Beau Garrett. «No puedo enseñársela ni a él ni a nadie», pensó ella.

–¿Estás bien? –preguntó él.

–Claro –contestó ella con esfuerzo.

–Estás un poco pálida.

–No es nada, es que aún no he comido –dijo ella quitándole importancia al asunto–. Además, acabo de recibir la factura de la luz.

–Ahora lo entiendo –dijo él sonriente–. Hablando de comer, iba ahora al bar a cenar. Como he visto la luz encendida he entrado para ver si te apetecía ir conmigo y así no tener que cocinar hoy.

Jaz estaba perpleja. Si no había entendido mal, Beau Garrett acababa de invitarla a cenar, aunque fuera sólo al bar del pueblo. Se imaginaba que la invitación intentaba enmendar los eventos del día. Tras irrumpir Dennis en la casa de Beau, Jaz había aprovechado para volver al trabajo en el jardín, donde estuvo ocupada hasta las cinco de la tarde, cuando se marchó a casa sin despedirse de nadie. Jaz pensó que Beau se sentiría culpable por haberle tomado el pelo.

Beau, ante el silencio de ella, decidió insistir.

–Bar. Comida –dijo despacio, y agregó–. Yo invito.

–No necesito la caridad de nadie, señor Garrett –respondió enfadada.

–No me dedico a la caridad, señorita Logan –espetó él molesto–. Sólo le he sugerido que cenáramos juntos, quería asegurarme de que iba a tener fuerzas suficientes para mover más piedras mañana.

Sabía que se merecía su enfado e impaciencia, pero se sentía muy disgustada y asustada por la carta recibida. Aunque quizás, pensó ella, sólo fuese el pueril entretenimiento de algún chiquillo del pueblo, algún aficionado a las novelas de Agatha Christie y los ordenadores que no tenía otra forma de divertirse.

–Además –añadió Beau–, odio comer solo.

Jaz suspiró y se relajó un poco al oír tal explicación.

–Siento haber parecido desagradecida –consintió al fin–. Me encantará ir.

Pensó que estar fuera de su casa unas horas le haría sentirse mejor. Decidió que lo primero que haría al volver sería tirarla a la basura.

–¿Tengo tiempo para cambiarme de ropa? –preguntó.

Ya se había cambiado al llegar a casa, pero lo que llevaba entonces, aunque limpio, no era apropiado para cenar fuera.

–Así estás bien. Vamos, me han dicho que tienen «una carne buenísima» allí –aseguró con decisión.

Jaz tomó su abrigo sonriendo ante la perfecta imitación que Beau hacía de Barbara Scott.

–¿No has pensado nunca en ser actor? –le preguntó mientras cerraba la puerta y se dirigían a su coche.

–¡Oh, no! –afirmó él fingiendo un escalofrío–. Y tú, ¿nunca pensaste en hacer otra cosa que no fuese seguir los pasos de tu padre?

Jaz lo miró pensativa, ambos sentados ya en el interior del vehículo.

–No, nunca. Me encanta la jardinería. Me gusta sembrar las semillas, cuidar los semilleros, verlos crecer. A mi abuela, la que diseñó el jardín de piedras, también le encantaba. Debe de ser algo hereditario –añadió, estremecida aún por el recuerdo de la carta.

Esa misiva sugería que también de su madre había heredado algo, pero ella no lo consideraba así. Su madre había sido irresponsable, frívola y voluble, además de extremadamente egoísta. Adjetivos todos que Jaz no creía poseer.

–No has respondido a mi pregunta de antes –protestó ella.

–Supongo que no –reconoció sonriente.

Estaba claro que no quería hablar de su vida. Era completamente distinto a otros hombres que Jaz había conocido con anterioridad. No había tenido muchas citas, pero algo que todos tenían en común era que les encantaba hablar sobre sí mismos. «Claro que una comida en el bar del pueblo no puede considerarse una cita», pensó ella.

–¿En qué estás pensando? –preguntó Beau mirándola de reojo mientras conducía hasta el bar.

–En nada –dijo ella sonrojándose.

Jaz desconocía todavía si Beau Garrett estaba casado o no. Y aunque no lo estuviera, pensaba que ella no era el tipo de mujer por el que se sentiría atraído. Él era mayor, no sólo en edad, sino también en experiencia. Pensaba que su gran atractivo físico lo colocaba en otra dimensión, fuera del alcance de chicas como ella. Sin duda, estaba acostumbrado a ser una estrella de la televisión, siempre rodeado de mujeres bellas y sofisticadas. Características que, en opinión de Jaz, no la representaban en absoluto.

–No vas a cenar con un hombre casado, si eso es lo que te preocupa –dijo él burlón.

–¿Cómo lo sabías? –exclamó sorprendida.

–No ha sido muy difícil. El otro día me preguntaste si mi familia iba a venir también –explicó mientras aparcaba el coche y apagaba el motor–. Estuve casado hace años pero ya no. No he sido precisamente un monje desde entonces, pero no hay nadie ahora mismo en mi vida.

–No tienes por qué darme explicaciones –dijo Jaz sin poder mirarlo a los ojos y roja como un tomate.

–Ya lo sé –dijo bruscamente mientras salía del coche–. Pero pensé que te gustaría saberlo. Después de lo que me has contado sobre este pueblo y cómo a la gente le gusta hablar sobre los demás...

Jaz lo siguió hasta el bar. Era verdad que había querido conocer su estado civil. No le hubiera gustado cenar con un hombre casado. Aunque el encuentro era totalmente inocente no quería añadir más leña a lo que habían sido años de cotilleos y maledicencia sobre su familia. Por otro lado, se sentía incómoda al ver como alguien tan sofisticado como Beau había sido capaz de poner sus pensamientos y recelos al descubierto. A Jaz le consolaba pensar que el problema era que estaba algo desentrenada en estas lides, aunque, en honor a la verdad, nunca había sido una experta en relaciones ni en citas.

–Debes de pensar que soy de una simpleza sin igual –le dijo mientras se dirigían hacia la puerta del bar.

–Yo diría más bien que eres de una ingenuidad poco común –corrigió él mientras abría la puerta para que pasara Jaz.

Si por ingenua entendía torpe y boba, Jaz se sentía perfectamente retratada. Entraron en el local. Estaba decorado con mucho gusto y la luz del fuego encendido en la chimenea daba al bar una atmósfera y calidez especiales.

–No tenía ni idea de que sitios como éste existieran de verdad –dijo Beau mirando a su alrededor con interés y admiración.

–El bar de pueblo de toda la vida –aclaró ella sonriente y burlona–. Creo que tienen una cerveza excelente aquí.

–No te rías de mí. Al fin y al cabo llevo treinta y nueve años viviendo en Londres –la reprendió él.

Buscaron una mesa cerca de la chimenea y se sentaron. A Jaz le pareció que las conversaciones cesaron al verlos atravesar el bar. Se preguntaba si lo que había despertado el interés de la clientela sería la presencia de Beau Garrett en el bar o la suya propia.

–Hola, Jaz –la saludó cariñosamente Tom, el dueño del bar–. Hacía mucho que no te veíamos por aquí.

«Como que no tengo dinero para gastarme en bares», pensó Jaz. Además, aunque hubiera podido permitirse ir allí de vez en cuando, no creía que a los vecinos les pareciese bien ver a una mujer sola y soltera en el bar. Tras el afectuoso saludo de Tom, muchos otros se acercaron a saludarla con calidez mientras Beau pedía las bebidas. Definitivamente habían provocado el interés de los locales con su llegada al bar, tal y como había percibido ella. Seguía preocupada por el anónimo recibido y temía, a pesar de todo, que estuviera siendo demasiado suspicaz con la gente por culpa de la odiosa misiva. Se sentía más vulnerable que nunca.

–Parecen muy simpáticos –dijo él.

Jaz conocía a casi todos los presentes en el local. En general gente agradable. Aunque uno de ellos podía haber sido el autor y remitente de la carta. Intentó quitarse esa idea de la cabeza y pensar que habría sido algún adolescente sin nada mejor que hacer. No podía pasarse la vida sospechando de todo el mundo.

–Lo son –dijo ella de forma seca mientras estudiaba la carta de comidas.

Toda la carta sonaba deliciosa, desde el pollo hasta el pastel de jamón. Eso sin hablar del solomillo con patatas fritas, champiñones y aros de cebolla. Jaz no podía recordar cuándo había sido la última vez que había probado un buen filete.

–La pasta con verduras, por favor –dijo, eligiendo el plato más barato de la carta.

–¿En serio? –preguntó él extrañado–. Yo estaba pensando en pedir el solomillo.

Se le hacía la boca agua al pensar en el solomillo. Le gustaba la pasta, si no no la habría pedido, pero estar allí sentada viendo cómo Beau engullía un delicioso solomillo iba a ser pura tortura.

–No eres vegetariana, ¿verdad? –inquirió él con interés.

Aunque había considerado en el pasado hacerse vegetariana, como casi todos los adolescentes, era algo que Jaz sabía que no iba con ella. Le bastaba con oler el delicioso aroma de la panceta friéndose en la sartén para alejar tal idea de su cabeza.

–No –aseguró algo pesarosa–. Es muy amable por tu parte invitarme pero no quiero que...

–Dos solomillos –dijo Beau a la camarera interrumpiendo a su compañera de mesa.

La camarera era la hija de Tom, quien también tenía a su mujer, Bella, trabajando en el negocio familiar como cocinera.

–¿Lo quieres muy hecho o vuelta y vuelta? –le preguntó Beau a Jaz.

–No muy hecho, gracias –respondió algo avergonzada por la forma en la que Beau estaba pidiendo la cena de ambos–. ¿Qué tal vas con los preparativos de tu boda, Sharon? –preguntó a la camarera para cambiar de tema.

–Bien –contestó Sharon bastante seca.

Sharon, rubia y larguirucha, estaba obviamente deseando casarse para poder dejar su trabajo como camarera en el bar familiar.

–Estarán listos en quince minutos –anunció a Beau en un tono mucho más dulce.

Jaz fingió un repentino interés en algunos cuadros de la pared para poder así apartar su mirada de Beau y Sharon. Sabía que la opinión que muchos tenían de ella nunca cambiaría. Su madre los abandonó y huyó con el marido de otra mujer. Desde entonces, ella misma estaba bajo sospecha cuando hablaba o trataba con el novio o el marido de alguien. Era ridículo pero así era como la veían.

Cuando volvió sus ojos hacia Beau, éste observaba con admiración a Sharon mientras se alejaba de la mesa. Su ajustada y corta falda dejaba a la vista sus largas piernas. No le extrañó que la mirara así, cuando ella, vestida con una amplia cazadora y unos viejos vaqueros hacía que cualquiera, incluso Sharon, pareciese elegante.

Cuando Beau se dio cuenta de que Jaz, con sonrisa burlona, lo estaba mirando, se encogió de hombros.

–No podemos evitarlo. Es cosa de hombres –se disculpó.

–Sharon es muy guapa –aseguró ella sin comprometerse.

–¡Con esas piernas, podría tener la cara de Godzilla y salirse con la suya! –dijo él sonriente.

Jaz pensó que sus piernas tampoco estaban mal, pero casi nunca tenía la oportunidad de mostrarlas. Siempre vestía con pantalones. Se sorprendió a sí misma pensando que la próxima vez que cenaran juntos se pondría falda, cómo si las cenas con él se fuesen a convertir en parte de su rutina diaria.

–¿Por qué pediste la pasta si lo que de verdad te apetecía era el solomillo? –preguntó él tomándola por sorpresa.

No sabía cómo explicarle, sin parecer completamente patética, que siempre que la invitaban, de Pascuas a Ramos, pedía el plato más económico de la carta.

–No quería aprovecharme de tu generosidad...

–¿Quién es el responsable de que te tengas en tan poca estima que no eres siquiera capaz de pedir lo que quieres en los restaurantes? –le preguntó con seriedad–. Con amigos así no necesitas enemigos.

Jaz sabía que no tenía a quién culpar de cómo era. Su manera de vivir era la consecuencia de un montón de circunstancias que no tenía ni el menor interés en comentar con Beau Garrett.

–No analices tanto –dijo ella irónica–. Lo que pasa es que siempre me enseñaron que es de buena educación no aprovecharse de la generosidad de los demás.

–Aclaremos una cosa, Jaz –dijo él girando la silla para mirarla directamente a los ojos–. No estoy siendo generoso. Eres tú la que me estás haciendo un favor. Ya te he dicho que odio cenar solo.

Viendo el interés que su célebre cara suscitaba en la gente, Jaz pensó que quizás fuera sincero y odiara cenar solo en un lugar público donde cualquiera podía acercársele e intentar establecer conversación con él. No lo conocía mucho, pero intuía que ese tipo de situaciones no eran de su agrado.

–Bueno, en ese caso –contestó ella sonriente–, puede que me anime y pida además postre.

–Haces bien. Necesitas energía. Puede que así me

puedas ayudar mañana a arrancar alguno de los fruta-
les del jardín.

Sus palabras le recordaron a Jaz que su relación era
estrictamente profesional, que ella estaba allí porque él
la necesitaba para llevar acabo el proyecto de su jardín
y ése era el único interés que podía Beau Garrett tener
en ella.

Capítulo 6

SHARON se esforzó todo lo que pudo en hacer que Beau la recordara la próxima vez que se vieran. No paró de balancear sus curvilíneas caderas mientras les servía la cena. Se mostró de los más simpática y dulce con él al informarle sobre todas las salsas disponibles. Tampoco dudó en usar su voz más insinuante cuando volvió, pocos minutos después, para asegurarse de que toda la cena estaba siendo de su agrado.

Si le hubiese preguntado a Jaz en vez de a Beau, le podía haber dicho que lo único malo de la cena estaban siendo sus continuas interrupciones. No terminaba de entender cómo alguien que estaba a punto de casarse en tres semanas podía flirtear tan descaradamente con Beau.

–Todo perfecto, gracias –contestó Beau sonriente. Al ver el ceño fruncido de su compañera de mesa agregó–: Sólo está intentado ser simpática.

«Sí, claro, simpática», pensó Jaz. La actitud de Sharon la estaba sacando de sus casillas. Ambas habían estudiado juntas y Sharon había sido una de las personas que más cruelmente se habían mofado de ella cuando su madre la abandonó. No entendía cómo la gente podía haber llegado a ser tan cruel, pero estaba segura de que Sharon no había cambiado mucho desde entonces.

–Esto me pasa muy a menudo –explicó Beau quitándole importancia–. Es por el programa. La gente conoce mi cara y mi trabajo y piensa que me conoce a mí.

Jaz se preguntó si Beau pensaba que su popularidad, y no su asombroso atractivo físico, era la única culpable de que Sharon hubiera estado coqueteando con él. Intentó quitarse esas ideas de la cabeza. A Sharon le encantaría saber que su conducta estaba teniendo la reacción deseada y consiguiendo molestar a Jaz. Y lo peor era darse cuenta de que no tenía motivos para sentirse mal por todo ello cuando lo único que hacían era cenar juntos porque a Beau no le gustaba comer solo. No se trataba de una cita ni nada parecido.

—Creo que te tienes en poca estima si piensas que lo único que le atrae de ti es tu programa televisivo —dijo ella agregando—: Y es una chica muy simpática, pero hoy está siendo provocativa de forma deliberada porque nunca nos hemos llevado bien.

—¡Eh! —la reprendió girando la mandíbula de Jaz para que lo mirara a la cara—. Yo nunca he dicho que todo el mérito de mi atractivo esté en el programa.

Jaz se rió con ganas. Beau daba la impresión de ser un tipo frío y arrogante, pero ella ya se había dado cuenta de que había algo más. Era verdad que se trataba de una persona muy segura de sí misma y autosuficiente. No aguantaba con facilidad a los imbéciles tal y como se deducía de las duras entrevistas de su programa. Pero debajo de esa fachada tan distante, Jaz sabía que existía una persona cálida y afectuosa que él se empeñaba en ocultar a los ojos de los demás.

No estaba acostumbrada a beber vino tinto y la copa se le estaba subiendo rápidamente a la cabeza. La bebida, el calor del fuego, la buena comida y la compañía de un hombre tan atractivo estaban consiguiendo que se sintiera algo mareada y aturdida.

Que le hubiera tocado la cara con su mano, cálida y

firme, tampoco contribuía a que se sintiera menos confusa.

—Tenía que habértelo preguntado antes –le preguntó con voz ronca mientras observaba su ruborizada cara–. ¿Hay alguien en tu vida que pueda sentirse mal al saber que estás cenando conmigo?

—¿Cómo...? ¡Ah! –exclamó aún más sonrojada al entender su pregunta– No, no hay nadie –afirmó de forma contundente.

—¿Y lo ha habido? –inquirió él mirándola intensamente.

—No... –contestó Jaz con dificultad, confundida por las preguntas de Beau.

—Lo que confirma mi teoría de que hay pocos hombres viriles en Aberton –aseguró él con un gesto de desagrado.

—¿Por qué dices eso? –preguntó ella entre risas.

—Cuando fui a la fiesta de Madelaine el otro día me di cuenta de que había muchos menos hombres que mujeres –explicó él con una mueca–. Por otro lado, me sentí como el último hombre casadero del planeta. Así me trataban todas, ¡y especialmente la anfitriona!

A Jaz no le sorprendió en absoluto lo que le estaba contando. Afortunadamente para ella, ya había abandonado la fiesta cuando todo aquel revoloteo comenzó. No le gustaba la idea de que Beau pensara que ella era como las otras mujeres.

—¡Pobre Madelaine! –exclamó comprensiva–. Es muy agradable, ¿no te parece?

Había sido una de las pocas personas en mostrar amabilidad cuando su madre los dejó de manera tan repentina. Algo que había sorprendido a Jaz enormemente.

—Sí, sí. Muy agradable –asintió él imitando burlón su voz.

Beau apartó, finalmente, su mano de la cara de Jaz para tomar la jarra de cerveza y beber.

—Tenías razón. Es una cerveza excelente —comentó.

Jaz supuso que con el cambio de tema Beau daba por concluida la conversación. Parecía como si quisiese dejar claro que en Aberton sólo buscaba un hogar, nada más. Ella intuyó que quizás le comentara todo eso para dejarle claro que no tenía ningún interés ni en ella ni en ninguna otra mujer del pueblo. Algo así como un aviso para navegantes. Aunque si hubiera pensado que ella era como Sharon o Madelaine no la habría invitado a cenar, poniendo así en peligro su soltería.

—¡Hola, parejita! —saludó animadamente alguien.

Jaz se volvió para descubrir que se trataba de Dennis Davis, ¡precisamente él! Forzó la sonrisa y le devolvió el saludo.

De la misma generación que el padre de Jaz, Dennis era, además de un contratista muy poco profesional, uno de los más cotillas de todo el pueblo. Sabía que era difícil que su cena con el famoso recién llegado a la población pasara desapercibida. Pero ahora, con la presencia de Dennis, estaba segura de que en pocas horas sería del dominio público que la hija de John Logan había pasado la noche con Beau Garrett. O quizás se referiría a ella como la hija de Janie Logan, intentando ser más insidioso.

—Hola, Dennis —lo saludó Beau de forma distante.

—Acabo de salir de trabajar y me paso a tomar una cerveza antes de volver a casa —explicó sonriente.

—Pensé que habías terminado hace dos horas —dijo Beau incrédulo.

—Bueno, sí, en su tejado —confirmó Dennis, enfundado en su mono azul de trabajo—. No puedo trabajar en los tejados cuando oscurece, pero tengo otros trabajos interiores pendientes para cuando se hace de noche.

Jaz sabía que el único trabajo interior que Dennis tenía a partir de las cinco de la tarde era visitar a una señora casada que vivía a ocho kilómetros de allí. Él vivía en una casa con su hermana Margaret, una solterona. Ambos parecían estar conformes con la solución, pero eso no impedía que él tuviera una amiga especial que, al estar casada, no se encontraba en posición de exigir nada.

Los del pueblo le consideraban todo un personaje y perdonaban con indulgencia su azarosa vida. No así Jaz, que tenía el recuerdo de lo que había hecho su madre muy vivo en la memoria.

—Ya entiendo —dijo Beau con frialdad—. Bueno, no queremos entretenerte, te está esperando una cerveza.

—Bueno, entonces os dejo solos —se despidió a regañadientes.

—¡Dios mío! —exclamó Jaz cuando Dennis se alejó—. Nuestra inocente cena va a dejar de serlo en cuanto Dennis empiece a contarle a todo el mundo que nos ha visto. Tiene una manera muy particular de exagerar y tergiversar las cosas.

—Déjale que lo haga —respondió Beau con mordacidad—. A lo mejor eso me libra del acoso de otras mujeres. Me siento como si las tuviera siempre observándome, hablando de mí en cuanto les doy la espalda.

No se sintió muy halagada al oír que para él iba a ser algo así como un escudo que le protegiera de las demás féminas. El problema era que no creía que nadie fuera a creerse que alguien tan sofisticado como él estuviera con una mujer ingenua y simple como ella. Por otro lado, le preocupaba que su reputación quedara en entredicho.

—No creo que sea precisamente tu espalda lo que más les interesa de ti —le dijo mordaz.

Ese comentario le congeló el rostro, con la expresión seria y la mirada fría se acercó la mano a la cicatriz que cruzaba un lado de su cara.

—No se puede decir que la parte delantera sea muy atractiva –le espetó con sequedad.

«Parece que todos tenemos temas delicados», pensó ella.

—Si te molesta tanto, ¿por qué no intentas suavizar la cicatriz con cirugía estética? –le preguntó ella con interés y consideración.

—¡Es que no me molesta! –le contestó con gran dureza y frialdad.

—Pero en tu programa de televisión...

—¡Ya te he dicho que no me molesta! –le dijo con voz áspera.

—Pero...

—Has terminado la cena, ¿no? ¡Pues vámonos! –la interrumpió secamente.

A pesar de que asegurara que la cicatriz no lo molestaba, Jaz veía claro que había algo muy doloroso en todo aquello. Viendo la reacción que había provocado, lamentó profundamente haber sacado el tema.

—Sí, he terminado –contestó sin alterarse–. Creo que volveré a casa andando, no me importa...

—No digas tonterías –le dijo cáustico mientras se ponía de pie bruscamente–. Te he traído aquí y yo te llevo a casa.

—Esto no es Londres, Beau,...

—¡Ya me he dado cuenta de eso!

—Puedo ir andando, es bastante seguro.

—No se trata de si es seguro o no.

Jaz se puso la bufanda y salió del bar detrás de él. Era una noche fría.

—¿De qué se trata, entonces? –le preguntó, intentando animarlo.

Había sido una noche muy agradable hasta que Jaz sacó el tema de la cicatriz. Se arrepintió de haberlo hecho. Hacía mucho tiempo que no se lo pasaba tan bien y no quería terminar la velada en malos términos con él.

–¿De verdad lo quieres saber? –dijo él girándose hacia ella de camino al coche.

Se le encogió el estómago ante su reacción. No entendía por qué no quería decírselo.

–Sí, dime –dijo ella con firmeza.

–La verdad es que pareces demasiado cansada para tener que ir andando a tu casa.

No era muy halagador, no se alegraba de tener el aspecto que tenía, pero al menos había sido honesto con ella.

–Soy más fuerte de lo que piensas, ¿sabes? –dijo riéndose de sí misma.

–Más te vale. Porque si no, no sé cómo ibas a aguantar toda la semana trabajando.

Jaz sintió que no confiaba en su capacidad para ser una buena jardinera. Su comentario era además condescendiente. Podía presumir de haber terminado siempre todos sus trabajos, era muy profesional. Le extrañó su reacción después de que otros vecinos le hubieran dado tan buenas referencias sobre ella.

–¿Para eso me has invitado a cenar? ¿Para asegurarte de que como lo suficiente? –le preguntó herida.

–¿Tú qué crees? –inquirió él con la misma frialdad.

Jaz abrió la boca para protestar cuando un coche entró en el aparcamiento y los iluminó, uno frente a otro mirándose como adversarios.

Se sentía fatal. No quería convertirse en una obra de caridad para él. Durante la cena, se ofreció a pagar su propia comida pero él se había negado. Quería hacérselo entender, pero el aparcamiento, con gente saliendo de los coches, no era el lugar más apropiado.

–¡Jaz! ¡Qué alegría verte! –la saludó una voz que Jaz reconoció al momento como la de Madelaine Wilder.

Se volvió hacia ella. Estaba saliendo de su lujoso coche con el comandante. Madelaine no aparentaba la edad que tenía. Sus cuarenta y cinco años quedaban disimulados por su cabello rubio y delicadas facciones. Esa noche llevaba un traje de seda malva que resaltaba su atractivo.

–¡Ah! ¡Hola, Beau! –dijo feliz al reconocer al acompañante de Jaz– ¡Es genial! Podemos cenar los cuatro juntos.

–Me temo que no –explicó Beau adelantándose para tomar el brazo de Jaz–. Nosotros ya hemos cenado.

–¡Qué lástima! –exclamó ella decepcionada– Pero, ¿por qué no os tomáis una copa con nosotros antes de iros?

–Eso es, hombre, tómate algo con nosotros –invitó el comandante–. Y tú también, Jaz –agregó después.

Durante los veinte años que el comandante llevaba viviendo allí, ni los más cotillas del pueblo habían sido capaces de averiguar de qué cuerpo del ejército había sido comandante ni dónde había ejercido como tal. A veces, sin embargo, hablaba con ambigüedad del tiempo que había pasado en la India.

Él y Madelaine formaban una pareja de lo más elegante. El comandante llevaba traje y corbata y el conjunto de Madelaine sería, sin lugar a dudas, de alguna firma conocida. Jaz miró a Beau quien, a pesar de vestir de forma deportiva, llevaba ropa de marca. Por otro lado, ella, ataviada con su cazadora y vaqueros viejos, se sentía fuera de lugar.

–Lo siento mucho –dijo él tomando la iniciativa de nuevo–. Pero tengo muchas cosas que hacer.

–Mejor otro día –añadió Jaz para suavizar la frialdad de Beau.

–Claro, otro día –asintió el comandante.

El comandante tenía ya sesenta y tantos años, unos veinte más que Madelaine, a quien llevaba un par de años intentando seducir con bastante poca suerte. Ella sólo lo utilizaba como pareja para determinados eventos sociales. A Jaz no le extrañaba que fuera así. Madelaine era una viuda atractiva y adinerada, aún relativamente joven. Por otro lado, él era agradable e inofensivo, según le contó Madelaine a Jaz, pero demasiado viejo para ella.

A pesar de lo poco probable que era que consiguiera conquistar a Madelaine, el comandante parecía contento de que Beau y Jaz no les acompañaran esa noche y poder así quedarse a solas con ella.

–Encantada de verte de nuevo, Beau –dijo Madelaine besándolo en la mejilla–. Adiós, Jaz –agregó despidiéndola del mismo modo.

–¡Uff! –suspiró aliviado Beau cuando ambos se metieron por fin en el coche–. No sé qué me pasa con esa mujer. Es agradable, pero cada vez que la veo me entran ganas de salir corriendo.

Jaz se quedó mirándolo. Su cara expresaba malestar. Y se dio cuenta de que realmente pensaba lo que decía.

–Eres un cobarde –lo acusó incrédula y conteniendo la risa.

–Es verdad –confesó él sin alterarse mientras ponía el motor en marcha–. Vine a este pueblo para librarme de todas esas mujeres con muy buenas intenciones, pero con instintos cazadores que me perseguían en Londres. ¡Y no a conocer más!

El último comentario de Beau, lleno de gran amargura, hizo que Jaz se preguntara qué concepto tenía su vecino de ella. Obviamente, no era una de las cazadoras depredadoras que acababa de describir. Quizás ni siquiera pensaba en ella como mujer. Si acaso, la miraba como a una hermana pequeña, alguien a quien necesitaba proteger. De un modo u otro, estaba claro que Beau no la consideraba una amenaza para su anhelada vida de soltero solitario.

Ella misma tampoco se veía como una amenaza en ese sentido, ni para él ni para nadie. No le interesaban todas las complicaciones que conllevaban las relaciones sentimentales. No estaba dispuesta a poner su futuro y felicidad en las manos de la persona amada. Sabía que su forma de pensar era una consecuencia directa de la ruptura de sus padres pero, aun así, no podía evitar sentirse de otro modo respecto al amor y al matrimonio.

Y a pesar de sus convicciones, sentía decepción al ver que Beau no se había fijado en ella como mujer y mucho menos como una mujer por la que pudiera sentirse mínimamente atraído.

—¿Qué es lo que he hecho o dicho ahora? –preguntó él al percatarse de que algo la preocupaba.

—Nada en absoluto –contestó bastante seca, apartando los últimos pensamientos de tu cabeza–. Así que has venido aquí para trabajar.

—No, no es así –explicó él–. Dije que estaba ocupado para librarme de esos dos.

—Puedes ser de lo más mordaz cuando te lo propones –le dijo ella censurándole su manera de hablar–. Ella es una de las mejores personas que conozco y el comandante, según las propias palabras de Madelaine, es totalmente inofensivo. Además, no son pareja –añadió a la defensiva.

—Ya veo. De vez en cuando, siente lástima por él y le consuela como puede, ¿no? –espetó él con dureza.

–Retiro lo que acabo de decirte –le dijo Jaz con voz entrecortada y mirándolo a los ojos–. No eres mordaz, eres simplemente desagradable.

Jaz no podía creerse que alguien que no los conocía en absoluto se permitiera el lujo de juzgarlos de forma tan dura e injusta. Apenas conocía a Madelaine ni al comandante, ni tampoco a ella.

Beau, que terminaba de aparcar el coche frente al vivero, se giró en su asiento para mirarla con una sonrisa burlona.

–Ya sabes lo que dicen –dijo totalmente indiferente–. Las palabras no hacen daño.

–Claro que sí –contestó muy alterada–. A todo el mundo le importa lo que los demás piensan de él.

–Yo nunca he intentado ser el más popular de la clase ni caer bien a la gente –dijo él.

En eso tenía que darle la razón. Era obvio. De otro modo, no invitaría a gente tan polémica a su programa ni les entrevistaría de forma tan agresiva. Según los críticos, estas discusiones provocaban que la audiencia estuviera completamente enganchada a su programa.

–¿Qué te pasa, Jaz? ¿Acabas de darte cuenta de que no soy tan simpático como pensabas? –dijo cortante.

–No creo haber dicho nunca que lo fueras –contestó dolida.

–Bueno, entonces un insulto más no va a cambiar las cosas, ¿verdad? –dijo él.

Antes de que Jaz pudiera pensar qué es lo que quería decir con eso, Beau agarró sus hombros, la atrajo hacia sí y su boca buscó la de Jaz con determinación. Estaba demasiado sorprendida, incluso fascinada, por el inesperado beso como para sentirse insultada.

Tras la sorpresa inicial, sintió la embriagadora calidez de un beso que la dejó temblando de arriba abajo. Se dejó envolver, sintiéndose tremendamente frágil entre sus brazos. Nadie la había besado antes de forma tan dedicada, con tanto empeño, sin olvidar ni un milímetro de su boca.

–¡Vaya! –exclamó ella después, perdida ya la noción del tiempo.

–Ya te había dicho yo que tenías una boca de lo más apetecible –dijo él sin disculparse–. ¡Y ahora sal de aquí antes de que haga algo que te escandalice de verdad!

Jaz salió del coche como pudo, con más torpeza que elegancia, y corrió hasta la casa donde vivía, al lado del vivero. No quiso mirar atrás. Oyó cómo arrancaba el motor y se alejaba a gran velocidad.

No podía entender por qué había pasado aquello. Beau acababa de decirle que su boca era apetecible. Pero debía de haber algo más. Tampoco creía que se sintiese atraído por ella. Estaba completamente perdida. No tenía ni idea de cómo llegar a entender a alguien como Beau Garrett. Quizás, pensó, lo mejor sería que se mantuviera alejada de él. Claro que, estando trabajando en su jardín, iba a ser más que complicado.

Tal y como había trascurrido el final de la velada, a lo mejor tampoco él quería verla de nuevo.

Hasta un par de horas después, cuando Jaz ya estaba en la cama intentando dormir sin éxito, no se acordó de la carta recibida ese mismo día. Recordó que la había metido de manera precipitada en el cajón de su escritorio ante la llegada de Beau. Se le había olvidado deshacerse de ella.

Capítulo 7

ME VAS a decir qué narices pasa?
Jaz, con la puerta de su casa entreabierta y
embutida en su albornoz, se quedó atónita al
ver a Beau, más enfadado que de costumbre al otro
lado del umbral.

«¿Cómo se ha enterado y qué es lo que sabe?», se
preguntó ella. Su primer pensamiento fue culpar a la
carta, a pesar de que la había destruido esa misma mañana, nada más levantarse. No entendía qué hacía él,
tan enfadado y en su casa, a las nueve de la noche.

Había estado trabajando en su jardín todo el día,
pero no le había visto desde la accidentada despedida
de la noche anterior. Sólo recordarla consiguió sonro-
jar sus mejillas.

—No sé de qué... —consiguió decir mientras Beau
entraba en su casa—. Pasa, pasa.

Cerró la puerta y se volvió. Allí estaba él, en medio
de su mal iluminado recibidor. Su contundente presencia hacía que la casa pareciese más pequeña aún.

—¿Estabas haciendo algo importante? —preguntó
mientras la miraba.

Sus ojos la hicieron sentirse más desnuda de lo que
estaba. Era obvio que el albornoz era lo único que llevaba puesto.

—Estaba dándome un baño cuando llamaste a la
puerta —explicó ella.

«Más que llamar, aporrear», pensó ella. Al oír los

golpes pensó al principio que se trataba de una emergencia, quizás alguien avisando de un fuego.

—¡Ah, vaya! –dijo él algo desconcertado.

—Sí, si no te importa esperarme en la salita mientras me cambio... –ofreció Jaz mientras abría la puerta del salón.

Por suerte, había encendido la chimenea, lo que daba a la fría habitación un ambiente mucho más agradable y cálido.

—No te molestes por mí –dijo él con sonrisa burlona y mucha intención.

—Gracias, pero lo hago por mí –dijo ella mirándolo fijamente.

—Muy bien. Te esperaré aquí.

Subió corriendo las escaleras y se puso rápidamente su ropa interior, unos vaqueros limpios y una sudadera. Se quitó la toalla de la cabeza. Se sentía mucho más segura con ropa. ¡Ya era suficientemente intimidatorio tener a Beau en casa! Después del beso de la noche anterior iba a necesitar toda la seguridad y confianza del mundo.

Aún no se explicaba por qué había sucedido. Había recreado la escena miles de veces en su cabeza durante toda la noche. Durmió tan mal que levantarse a las siete, como cada mañana, había sido una tortura. Y el pensar que iba a tener que ver a Beau poco después sólo la había hecho sentirse peor.

Se había preocupado en balde ya que Beau no había aparecido por su casa en todo el día, por lo menos no hasta después de que Jaz terminara de trabajar en su jardín a las cuatro de la tarde.

Por eso la sorprendió tanto su visita. Era tarde y Beau estaba claramente enfadado por algo. Y no podía ser la carta porque ya no existía. Sólo conocían su existencia ella y quien la escribió.

Beau estaba mirando a las llamas cuando Jaz entró en la salita. Algo se movía dentro de ella cada vez que veía a ese hombre. Algo que la impedía respirar, sentía que su cuerpo era totalmente consciente de su presencia allí.

De pie frente al fuego, parecía completamente fuera de lugar. En su desaliñada salita sólo cabían un viejo sofá, un sillón y una mesa donde se apilaban revistas y catálogos de jardinería.

Beau levantó la vista y la vio. El reflejo de las llamas destacaba sus facciones con crueldad, dejando a la vista la gran cicatriz que atravesaba su cara.

–El fuego siempre consigue hipnotizarme –murmuró–. ¿Te sientes mejor ahora?

–Sí, gracias –contestó con estudiada formalidad.

No podía evitar sentirse nerviosa en su presencia y él sabía el efecto que tenía en ella. Sobre todo después del beso de la noche anterior.

–¿Qué puedo hacer por ti? –le preguntó sin inmutarse.

–Será mejor que no conteste a esa pregunta –respondió burlón.

Jaz suspiró con impaciencia ante lo que, obviamente, era motivo de broma para él. Sabía que el beso no había significado para él lo mismo que para ella. Él era un hombre experimentado, un hombre de mundo, y se habría dado cuenta de su falta de experiencia.

–Beau...

–Está bien –la interrumpió–. Explícame por qué he tenido que sufrir todo tipo de comentarios, indirectas e insinuaciones por parte de Dennis Davis. Por qué la señora Scott, cuando llamé esta tarde para encargar mi cena, me comentó que había sido muy amable al interesarme en la pobrecita Jaz. O por qué Madelaine Wilder se pasó por casa para decirme que fue una lástima que no pudiéramos cenar los cuatro juntos y, de paso, indicarme que te mereces conocer a un buen hombre. He intuido por su comentario, que no me incluye a mí en esa definición.

La cara de Jaz fue palideciendo mientras él enumeraba todo lo que le había pasado.

Nunca le había caído bien Dennis. Por otro lado, sabía que Madelaine y Barbara Scott habían actuado de buena fe. Pero Jaz hubiera preferido que no se metieran así en su vida.

–¿Te apetece un té o un café? –ofreció para retrasar la explicación–. No tengo nada más fuerte en casa. Mi padre no bebía y yo, aparte de tomarme un vino de vez en cuando, tampoco bebo.

–Jaz...

–Yo me voy a tomar un café –dijo ella sin escucharle–. Tienes tiempo, ¿no?

–No tengo nada mejor que hacer esta noche.

–¡Vaya! ¡Qué halagador! –contestó ella ocurrente.

–Si buscas que te halaguen estás hablando con la persona equivocada.

–Ya me he dado cuenta –dijo antes de ir hacia la cocina.

«¿Por qué Dennis, Barbara y Madelaine no se habrán mantenido al margen?», pensó ella enfadada mientras preparaba el café y sacaba las tazas. Su vida ya era bastante complicada como para que ahora Beau Garrett tuviera que enterarse de todo y meter las narices en su vida.

–¿El párroco y su mujer eran los padres de tu padre o de tu madre?

Casi se le cae la taza que tenía en la mano. No se había dado cuenta de que Beau hubiera entrado en la pequeña cocina. A pesar de su envergadura, podía llegar a ser muy silencioso.

—¿Por qué me lo preguntas?

—¡Por hablar de algo! —dijo él encogiéndose de hombros.

—Eran los padres de mi madre —contestó ella escéptica.

Beau no era el tipo de persona que hacía preguntas así sólo para entablar conversación con la gente.

—Ya —asintió—. No me imaginaba que el hijo de un vicario saliera jardinero.

Jaz lo miró durante unos segundos y estalló en carcajadas. Si no entendía que el hijo de un vicario se hiciese jardinero profesional no creía que pudiese comprender para nada a su madre, la hija del vicario.

—¿De qué te ríes?

—De nada —dijo recuperando la compostura—. ¿A qué crees que se dedican los hijos de los vicarios? ¿A ser vicarios también?

Beau apoyó la espalda en uno de los armarios.

—Nunca me he parado a pensarlo. El caso es que me pareció raro.

Jaz no estaba disfrutando demasiado con la conversación. Le extrañaba que hubiera sacado ese tema. No tenía intención de contarle a Beau nada sobre su familia ni sobre ella.

—¿Cómo fue ser la nieta del vicario? —le preguntó.

—Una carga bastante pesada —admitió ella—. Mis abuelos siempre esperaban que fuera perfecta y los otros niños se burlaban de mí. Entre ellos, Sharon, la camarera del bar.

—Ya. Entiendo que pudiera llegar a ser un problema.

Para Jaz había sido más que un problema. Había sido una pesadilla. Durante su infancia, había pasado muchos fines de semana y vacaciones con sus abuelos donde sus padres, muy ocupados haciendo otras cosas, la enviaban. Eran buenas personas y la querían mucho,

al fin y al cabo ella era su única nieta. Pero no la conocían ni entendían en absoluto.

–Podía haber sido peor –dijo ella quitándole importancia al asunto.

Puso las tazas, la cafetera y el azúcar en la bandeja
y se dispuso a llevarla a la salita.

–¿Podía haber sido peor? –preguntó él aún en la cocina.

–Por supuesto –contestó ella mirándolo sonriente–.
¿Me abres la puerta, por favor?

–Por supuesto –repitió él imitándola–. Tu casa es
muy agradable y acogedora. Quizás hubiera sido mejor comprar una casita como ésta en vez de la enorme
casa parroquial.

–Quizás hubiera sido mejor que te quedaras en
Londres –dijo ella ofreciéndole una de las tazas de
café.

–¿Por qué lo dices? –preguntó intrigado.

–Porque aquí encajas tanto como un esquimal en el
desierto del Sahara –contestó riendo–. ¿Qué es lo que
te trajo aquí, Beau? Y no me respondas con evasivas.

–Sin evasivas: Métete en tus propios asuntos –la espetó cortante.

–Me imaginaba que me dirías algo así.

–Entonces, ¿por qué me lo has preguntado?

–Para ver si estaba en lo cierto.

Jaz se sentó en el sillón y él en el sofá.

–Aún no me has contestado a la pregunta, Jaz –dijo
él añadiendo leche al café.

–¿Qué pregunta? –inquirió ella inocente, sabiendo
de sobra a qué se refería.

Había sido muy difícil seguir viviendo en Aberton
después de que su madre se fuera de la forma en que lo
hizo. Tanto sus abuelos como su padre y ella habían
sufrido mucho. Ahora sólo quedaba ella y en ella se

concentraban las miradas de los vecinos que aún se acordaban de aquel escándalo.

Sabía que las reacciones de Dennis, Barbara y Madelaine estaban relacionadas aún con aquella historia.

–¿Por qué eres la «pobre Jaz»? ¿Por qué han dicho que he sido muy amable al invitarte a cenar? ¿Y por qué Madelaine dice que te mereces un buen hombre? –la preguntó mirándola fijamente.

–Eso no es una pregunta, ¡son tres! –dijo sonriente y de forma despreocupada.

–Pero todas con la misma respuesta, ¿verdad?

Estaba en lo cierto y la mortificaba ver que él también conocía la respuesta. Hacía tantos años que todo aquello pasó que ya ni siquiera Jaz pensaba en ello muy a menudo. Al parecer, mucho menos que otros vecinos del pueblo.

–Eso pasa cuando vives en un pueblo pequeño toda tu vida. Yo nací aquí y aquí he vivido siempre. La gente piensa que tiene derecho a opinar sobre tu vida privada.

–¿Y qué pasa con las insinuaciones de Dennis? ¿También se refieren a tu vida privada? –prosiguió él, visiblemente insatisfecho con las respuestas que le daba ella.

Jaz había olvidado lo de Dennis. Sin duda pensaba que era como su madre. Que de tal palo, tal... El pensamiento le heló la sangre y le hizo dar un brinco. Su cara palideciendo por momentos. No podía ser... Quizás fuera Dennis el que envío la nota. Seguramente tenía ordenador. Mucha gente tenía ordenadores en casa. Sabía cómo pensaba. Seguramente, todos los hombres del pueblo pensaban así y habrían sido alertados sobre ella. El pensar de esa manera, sin embargo, no servía de disuasorio a todos ellos. Para algunos era un incentivo y durante años había sufrido el acoso de muchos.

–Dennis piensa que es un hombre de mundo –explicó Jaz–. Y como es obvio que tú también lo eres...

–¿Por qué tengo la sensación de que me estás ocultando algo? –preguntó Beau.

–¡Tú tampoco contestas a todas mis preguntas y no me quejo! –exclamó a la defensiva.

Beau se apoyó en el respaldo del sofá y tomó un sorbo del café.

–¿Qué es lo que quieres saber?

Jaz se quedó callada sin saber qué decir.

–Muy bien –comenzó él–. Tengo treinta y nueve años. Soy hijo único. Mis padres aún viven. En Surrey, si necesitas saberlo. Estuve interno en un colegio cerca de Worcester. Estudié Ciencias Políticas en Cambridge. Decidí dedicarme al periodismo en vez de a la política y he trabajado en televisión durante los últimos doce años.

Jaz lo miró, esperando a que siguiera su relato. Pero no fue así.

–¿Y? –dijo ella.

–¿Y qué? –contestó Beau inocentemente.

–Que lo que has dicho no responde a mis preguntas en absoluto.

–Más o menos como lo que me has contado tú a mí, ¿verdad?

Jaz se dio por vencida. Tenía razón y lo sabía. Era un hombre muy listo.

–Supongo que sí. Pero no entiendo por qué vives aquí cuando tu trabajo está en Londres.

Su expresión cambió de repente. Ya no se sentía relajado.

–No está allí –dijo con dureza.

–¿El qué?

–Mi trabajo. No está en Londres.

–No entiendo –dijo ella perpleja–. ¿Es que han trasladado los estudios a esta zona...?

–Jaz, no hace mucho que te conozco –la interrumpió él–, pero no creo que seas tonta ni mucho menos.

–No, pero... –contestó ella, entre confundida y halagada.

Durante diez años, Beau Garrett había sido el presentador de más éxito de la televisión. Había trabajado para distintos canales. Claro que, desde que sufriera el accidente cuatro meses antes, Jaz no recordaba haber visto ninguno de sus espacios en antena. Beau la había asegurado que su cicatriz no lo molestaba, pero quizás sí que molestaba a otras personas...

No podía creerse que el estudio de televisión pudiera querer prescindir de él sólo porque una cicatriz ocupaba ahora parte de su atractiva cara.

Capítulo 8

EN QUÉ estás pensando? –le preguntó Beau.

Jaz levantó la vista y se encontró con la mirada de él. No pudo evitar dirigir sus ojos hacia la cicatriz. No era agradable a la vista, pero el tono amoratado iría desapareciendo poco a poco. Claro que la compañía productora de televisión no estaría dispuesta a esperar todo ese tiempo.

Jaz se preguntaba si sería cosa de la audiencia. No podía creerse que los televidentes pudieran llegar a ser tan volubles como para dejar de ver su programa favorito sólo porque el presentador tenía una marca en la cara.

–¿Jaz? –dijo él.

Lo miró sorprendida, sin recordar que aún estaba esperando su respuesta. No sabía qué podría decirle que no le fuera a ofender. Podía decirle que si le habían echado por esa razón eran un montón de imbéciles o que estaba segura de que la audiencia era más inteligente de lo que los productores de televisión pensaban. No creía que nada de ello fuera apropiado después de la humillación y el dolor que Beau debía de haber sufrido.

–Creo que debería irme –anunció poniéndose en pie de pronto–. Gracias por el café, Jaz. Mucho mejor que la conversación, que ha sido una completa pérdida de tiempo.

Ella se sentía de la misma manera. Sabía algo más

de su vida, dónde estudió, dónde viven sus padres. Pero nada de lo verdaderamente importante. Nada que explicara por qué se había convertido en el hombre que era.

–Siento no haber podido ayudarte.

–No lo sientes en absoluto –dijo él con una sonrisa triste.

–A lo mejor no. Pero me alegro de haberte visto.

Jaz había pasado todo el día temiendo verlo después del beso de la noche anterior. Y, a pesar de todo, mirarlo a los ojos no había sido tan difícil como había pensado.

–¿Te alegras? –preguntó escéptico– No fui muy delicado ayer, cuando nos despedimos.

Jaz se sonrojó al recordarlo.

–Aunque no sirva de excusa la verdad es que no me estoy adaptando muy bien –reconoció él–. A pesar de todo, estuvo mal que pagara contigo mi mal genio.

–¿A qué no te estás adaptando bien? –preguntó intrigada.

–No se te escapa nada, ¿verdad? –dijo él–. Eres una mezcla de inteligencia e inocencia...

–Con lo de inocencia quieres decir ingenuidad, claro –interrumpió Jaz.

–Para nada –dijo él muy despacio–. De hecho, Jasmina Logan...

–Ya te dije que no me llamaras así –le recordó de manera contundente.

Oír su nombre completo siempre conseguía revolverle el estómago. No lo podía evitar. A su madre le encantaba llamarla de esa manera.

–Sí, recuerdo que lo hiciste –asintió Beau.

Había olvidado terminar la frase y Jaz se quedó con las ganas de saber qué era lo que le iba a decir después.

Beau se acercó a la puerta de la salita.

—Voy a pasar fuera el fin de semana. Me voy mañana por la tarde. ¿Vas a necesitar algo antes de que me vaya? —preguntó él.

No podía creerse que se fuera de fin de semana cuando acababa de llegar a Aberton. Sintió decepción al saber que se iba porque se estaba acostumbrando a tenerlo cerca. Hacía poco que lo conocía, pero le gustaba la manera en la que se pasaba por su casa si le venía en gana. Había conseguido poner una pincelada de color en la vida de Jaz, una vida que hasta entonces había transcurrido en blanco y negro. Por qué se sentía así era algo en lo que no quería pensar por el momento.

Intentó recomponerse y le contestó.

—No, no se me ocurre nada —contestó con una despreocupación que no sentía.

Le hubiera gustado saber a dónde iba, a quién iría a visitar. Si iría a casa de sus padres en Surrey o a ver a alguien más. El caso es que no tenía derecho a preguntarle nada, sobre todo cuando acababa de darse cuenta de que había otras preguntas pendientes, preguntas que tenía que responder ella misma.

No entendía cómo ese hombre se había convertido en una parte tan importante de su vida en tan poco tiempo.

—¿Jaz?

Su voz la devolvió a la realidad.

—No, no necesito nada de ti.

—Vaya, sabes como herir a un hombre, ¿eh? —dijo él mofándose.

—Ja, ja, ja —respondió ella, consciente de su juego.

—La verdad es que es refrescante tener a alguien como tú. Con todas esas mujeres halagándome y persiguiéndome, necesito a alguien que sea realista, para que nada se me suba a la cabeza.

No podía estar más equivocado con Jaz. Cuando lo veía, todo su cuerpo era plenamente consciente de su presencia y sentía un hormigueo de los pies a la cabeza. En cambio, él sólo la veía como la hermanita que no tenía o algo así.

–¡Cuando quieras! –dijo ella.

–Sabía que podía contar contigo –contestó Beau–. ¡Eh! ¿Qué es eso?

Se agachó por algo que había sido colocado bajo el felpudo de la entrada.

–¿Qué es? –exclamó ella temiéndose lo peor.

–Es sólo una carta. De alguien demasiado tacaño para ponerle un sello... ¡Eh!

Jaz la arrancó de sus manos y la miró. Era como la otra, sin sello y con la dirección escrita en el sobre.

–¿Qué es? –preguntó él.

–Con un poco de suerte alguien que me paga una factura –consiguió decir ella con despreocupación.

Lo último que quería era tener que contarle a alguien lo de las cartas anónimas. Y mucho menos a Beau. Porque se temía que su nueva amistad era precisamente la causa y la razón de las cartas. Tenía que ser necesariamente así. No había habido nadie más en su vida, al menos no recientemente. Se temía que la segunda carta, después de haber estado cenando con él a la vista de todo el pueblo, fuera mucho peor que la primera.

No podía leerla hasta que Beau se fuera de allí. Se acercó a la puerta y la abrió.

–Espero que tengas un buen fin de semana –dijo ella.

–Tú también –contestó con preocupación–. Jaz...

–¡Vaya! ¡Cómo han bajado las temperaturas! Hace frío –dijo ella cambiando de tema.

–¿Tendrás que encender la calefacción en los invernaderos?

–Algo así –contestó con una mueca.

Beau miró al cielo. El cielo estaba cubierto de nubes.

–Creo que va a nevar este fin de semana –anunció él.

–¡Qué bien! –dijo sarcástica.

–¿No es bueno para las plantas?

–Es muy malo para ellas –dijo con un escalofrío–. Cuidado con las carreteras.

–Pareces mi madre.

–Contigo por aquí y halagos así tampoco hay peligro de que a mí se me suba nada a la cabeza –contestó indignada.

Beau acercó su mano a la cara de Jaz y le acarició la mejilla, parando para contemplar con asombro cómo se sonrojaba.

–Creo que... –comenzó él.

Jaz no podía respirar. Tampoco podía moverse. Se pasó la lengua por los secos labios.

–Crees que... –dijo ella.

–Creo que no te vendría mal un poco más de ego. Lo necesitas –concluyó quitando la mano de su cara.

–Pero... –protestó ella mirándolo con sus grandes ojos azules.

–No hace falta ser muy listo para darse cuenta de que tienes un complejo de inferioridad tan grande como una casa –dijo implacable–. No sé por qué es así...

–¿Cómo te atreves? –dijo ella, pasando de confusa a enfadada.

Estaba furiosa, ¿quién se creía que era para hablarla así? Se estaba comportando como un psicólogo aficionado y no tenía derecho a hacerlo.

–Una cosa sí que te digo y es que lo voy a averiguar –terminó él con seriedad.

Sus palabras la dejaron parada. Lo miró con temor. La carta que sostenía en sus manos era un peso demasiado grande.

–¿Qué quieres decir? –consiguió preguntar finalmente.

–Quiero decir lo que te he dicho, ni más ni menos. Tiene que haber una razón por la que la mitad del pueblo se compadece de ti y la otra mitad te mira con sospecha.

Era increíble que en menos de una semana Beau Garrett se hubiera dado cuenta de lo que ocurría. De lo que pensaban en el pueblo de ella.

–Creo que tienes una imaginación desbordante... –dijo Jaz con una mueca de desprecio.

–¿Eso crees? Bueno, ya lo veremos, ¿no?

–¿Qué quieres decir? –preguntó ella tragando saliva.

–No estoy seguro –confesó Beau encogiéndose de hombros–. Pero hay una cosa que sí tengo clara...

–¿El qué?

–Que debería habérmelo pensado mejor antes de trasladarme a este pueblo. Pensaba que Londres era como un campo de minas, lleno de cotilleos y rumores preparados para explotar en cualquier momento, pero eso no es nada comparado con esto.

–Creo que estás siendo un poco injusto.

–¿En serio? Eres muy generosa. Soy prácticamente un forastero aquí. Sólo hace unos días que llegué y ya he encontrado varias personas dispuestas a hablarme de ti.

–Eso no es verdad. Los comentarios de Barbara, Betty y Madelaine han sido bienintencionados y amables. En cuanto a Dennis –continúo con desagrado–, él era amigo de mi padre y...

—Entonces debería tener mejor juicio —dijo con frialdad.

—Sí, debería —asintió con impaciencia—. Pero el caso es que a mi padre le dolió mucho que mi madre lo abandonara así...

—¿Y a ti no? —preguntó con incredulidad— ¿Cuántos años tenías? Dijiste que diecisiete, ¿no? A una edad en la que necesitas todo el amor y apoyo de una madre. Y lo único que has recibido es compasión y prejuicios.

—No lo entiendes, Beau —lo cortó cansada.

No lo entendía porque no conocía toda la historia y no la iba a saber a través de ella. Jaz temía que fuera a averiguarlo pese a sus reticencias de contarle nada.

—No, no lo entiendo —aceptó—. ¿Por qué sigues viviendo aquí cuando tus padres ya no están y tus abuelos tampoco?

Nunca le habían preguntado eso. Y la verdad era que no tenía una respuesta. No conocía ningún otro sitio. Después de nacer y crecer en Aberton, no se imaginaba viviendo en ningún otro lugar. Quizás no fuese una razón lo suficientemente fuerte como para quedarse, pero el hecho era que ni siquiera se le había pasado por la cabeza hacer otra cosa, dedicarse a algo distinto que a la jardinería. Simplemente había continuado viviendo, viendo pasar los días sin más.

—Piénsalo —le aconsejó Beau con tono duro.

—¿Por qué no te metes en tus cosas? —dijo sonriente—. Se te da muy bien dar consejos alegremente. Lo que es curioso viniendo de alguien que...

Jaz se paró en mitad de la frase. Se mordió el labio inferior y bajó la mirada, arrepentida de lo que había estado a punto de decir.

–Alguien que... –dijo Beau.

Él la había herido. Había sugerido que le faltaba la valentía necesaria como para tomar la decisión de irse de allí. Beau no sabía que irse habría sido una cobardía mayor que quedarse allí.

–¡Olvídalo! –dijo ella sacudiendo la cabeza y sin querer mirarlo a los ojos.

–No creo que pueda. Te has formado una idea equivocada sobre las verdaderas razones que me han llevado a vivir aquí. A eso te referías antes, ¿verdad? –dijo con un susurro escalofriante.

–Yo... –comenzó Jaz.

–Cuidado con lo que dices –la advirtió burlonamente.

–Ya no sale en su programa, señor Garrett –dijo con resentimiento–. De hecho, parece que ya no tienes...

Se paró de pronto y recobró el sentido.

–Lo siento, no quería decir lo que...

–Sí que querías –la acusó Beau–. Pero no tengo intención de satisfacer el ansia de chismes que hay en este pueblo. Nadie, incluida tú, tiene por qué conocer las razones por las que estoy aquí. Por cierto, te estás enfriando.

Jaz sintió un escalofrío, más relacionado con el desdén y la frialdad con los que la estaba tratando Beau que con las bajas temperaturas nocturnas.

Reconocía que no tenía que haber dicho lo que dijo, pero Beau se las arreglaba siempre para sacar lo peor de ella, para provocar una reacción, tanto física como verbal, de la que a Jaz le hubiera gustado prescindir.

–Sí, hace frío –asintió sin alterarse–. Que tengas un buen fin de semana.

–Tú también –dijo él mientras se alejaba de la casa.

Para Jaz sería difícil pasar un buen fin de semana.

La reciente y dura conversación la había dejado completamente exhausta. Para colmo de males, aún tenía que leer la carta que aferraba, aún cerrada, en sus manos.

Capítulo 9

PERO, ¿a dónde irías, Jaz? –preguntó Madelaine sorprendida y con la tetera aún en la mano, no podía creerse lo que había oído.

Jaz había pasado la mayor parte del día trabajando en el jardín de Beau Garrett y evitando, en la medida de lo posible, hablar con Dennis Davis. De camino a casa, decidió pasar a ver a Madelaine, necesitaba compañía femenina y alguien que la aconsejara y ella era la única con la que tenía la suficiente confianza.

Por otro lado, era la hora del té y, a pesar de lo poco elegante del atuendo de Jaz, estaba segura de que a Madelaine le encantaría tomar una taza con ella.

Sentía una gran admiración por Madelaine. Su marido y ella llegaron a Aberton desde Londres hacía ya quince años y decidió seguir viviendo allí después de que él falleciera. Para Jaz, ella personificaba la elegancia y el glamour. Vivía en una casa preciosa con una señora que cocinaba y limpiaba para ella, su apariencia era siempre impecable y llevaba ropa cara y muy distinguida. A ojos de Jaz, representaba todo lo que ella no era o no tenía.

–Todavía no lo he pensado –dijo encogiéndose de hombros–. Pero es que... El vivero no va muy bien. Sobrevivo pero nada más. Y sé que Ted Soames quiere añadir esas tierras a su enorme granja. No lo sé. Alguien me ha dicho que quizás sea bueno para mí irme de aquí.

Madelaine tomó el plato de magdalenas recién hechas y se lo ofreció a su invitada.

–¿Alguien? ¿Te refieres a Beau Garrett?

El sonido de su nombre trajo rubor a sus mejillas, pero no por las razones que Madelaine podía suponer sino de enfado. Cada vez que pensaba en los comentarios que le hizo la noche anterior se ponía más y más furiosa. No entendía que Beau se hubiese creído con derecho a hablarla y juzgarla de modo tan duro, como si fuese una cobarde, cuando parecía que él mismo se había ido de Londres con el rabo entre las piernas en cuanto los productores decidieron que no podía continuar con su programa.

–Parece que os habéis hecho buenos amigos, ¿no? –agregó Madelaine.

–En absoluto. Lo que pasa es que estoy trabajando para él, como ya sabrás.

–Pero, querida –dijo ella riendo–, ya te imaginarás que todo el mundo está emocionado, comentando el hecho de que los dos cenasteis juntos la otra noche.

–No fue una cena formal. Sólo picamos algo en el bar –se defendió con impaciencia.

–A mí no tienes por qué darme explicaciones –dijo Madelaine estrechando la mano de Jaz–. Ya sabes que no me gustan nada los chismes. Pero como se trata de Beau Garrett...

–Es sólo un hombre normal, como todos los demás –la interrumpió Jaz con una mueca de desagrado.

–De normal no tiene nada... –dijo Madelaine sonriendo con picardía.

Era verdad. Él no se parecía a nadie que ella hubiera conocido antes y no creía que llegara a conocer a nadie como él pero, por el momento y después de la última conversación, no era santo de su devoción.

–Es demasiado mayor para mí. No me interesa en

absoluto y estoy segura de que yo tampoco le intereso a él. ¡Es totalmente ridículo! –dijo Jaz con firmeza pero con poca seguridad en sus propias palabras.

–Querida Jaz, te subestimas, siempre lo haces –dijo Madelaine sacudiendo la cabeza.

Estaba muy bella con su blusa color crema y un sedoso traje en marrón chocolate. Algunas joyas, todas buenas, resaltaban su natural elegancia. Jaz la observó mientras tomaba un sorbo de té. Sentía que era muy distinta a ella pero, aun así, era la única persona con la que se sentía cómoda y la única para la que no tenía secretos.

–No estoy de acuerdo –dijo Jaz señalando el mono de trabajo y el viejo jersey que llevaba puestos.

–El problema es que no te sacas partido. Me encantaría convencerte para que vinieras conmigo a Londres en uno de mis viajes. Podrías ir a un salón a que te cortaran el pelo, te maquillaran. Luego podría llevarte a una tienda de ropa maravillosa que...

–Para, para –la interrumpió Jaz riendo–. Sabes que no tengo dinero para hacer ninguna de esas cosas...

–Pero pronto va a ser tu cumpleaños y me encantaría...

–No. Gracias, Madelaine –la cortó Jaz con firmeza–. No se trata sólo de que no pueda pagarlo. Es un problema de seguridad en mí misma y comodidad. Sé que me sentiría muy rara y estúpida. No sería yo misma.

–No. Pero, con el tiempo, podrías llegar a sentirte bien con una nueva imagen –insistió Madelaine–. Tienes un pelo maravilloso y muy buen tipo...

–¡Déjalo, por favor! –exclamó riendo Jaz–. Sólo quería saber qué pensabas sobre lo de vender y mudarme a otro sitio.

–Supongo que no es una mala idea –dijo ella pensativa y algo preocupada–. Depende sobre todo de las razones que te lleven a hacerlo. ¿Es que ha ocurrido algo?

Jaz se quedo cortada e intentó que su expresión no dejara entrever ninguna de sus preocupaciones. ¡Que si había ocurrido algo...!

La segunda carta, también anónima, había sido más dolorosa que la primera:

Búscate tu propio hombre y no el de otra persona, como hizo tu madre.

Estaba claro que se referían a Beau, como si él estuviera comprometido con alguien, o quizás incluso casado. Esa parte de la frase no tenía mucho sentido porque él le había asegurado que no había nadie en su vida. El resto del mensaje, sin embargo, lo referido a su madre, le resultaba dolorosamente familiar.

–No, Madelaine. No ha pasado nada –dijo ella de manera algo forzada–. La verdad es que nunca había pensado en la posibilidad de irme a ningún otro sitio y no sé por qué. Y ahora que lo he hecho, no entiendo por qué no se me había ocurrido antes. Sería perfecto. Podría empezar de cero. Alejarme de aquí y de todo lo que aquí sucedió... Necesito empezar de nuevo.

Madelaine la miraba sonriente. Comprendía perfectamente lo que Jaz necesitaba, sabía que su vida allí había sido una carrera de obstáculos.

–Es una buena idea –asintió–. Pero no estoy segura de que sea bueno desprenderse totalmente de todo lo que te es tan familiar. Charles y yo lo hicimos cuando nos mudamos aquí. Yo me adapté bastante bien, pero no siempre es tan fácil. Por ejemplo, ¿en qué trabajarías? ¿Dónde vivirías?

–Podría trabajar en otro vivero y tener así un salario fijo, toda una novedad para mí. Además, con el dinero de la venta de la casita y las tierras podría comprarme una casa en algún otro sitio.

–Veo que has estado pensando mucho en ello –dijo Madelaine con admiración–. No es mala idea, pero te voy a echar mucho de menos si te vas, Jaz.

Sabía que para ella la amistad de esta mujer sería también una de las cosas que más iba a echar en falta. En cuanto a los planes, lejos de lo que Madelaine pensaba, eran meras ideas que se le habían ido ocurriendo a Jaz mientras hablaba con su amiga.

–¿Estás segura de que Beau Garrett no tiene nada que ver con que ahora quieras tomar esta decisión? –preguntó provocadora.

–¡Segurísima! –respondió con demasiada fuerza para que fuera creíble.

–¡Ya! –dijo Madelaine–. Bueno, ya lo veremos, ¿no?

–No, Madelaine, de verdad –insistió Jaz–. Tengo que terminar este trabajo para él y lo más seguro es que después no lo vuelva a ver en la vida.

–Yo no estaría tan segura –dijo enigmática Madelaine.

Jaz sí que estaba segura. Segura de que a partir de ese momento su relación con él iba a ser puramente profesional. No le había gustado nada sus comentarios personales y no se lo iba a perdonar.

–¿Estás lista?

Jaz miró sorprendida a Beau Garrett, que se encontraba frente a la puerta de su casa, frotándose las manos para mantenerlas calientes. Llevaba un abrigo negro encima de lo que parecía un esmoquin con camisa blanca y pajarita.

–¿Lista para qué? –preguntó aún estupefacta.

Parte de ella adivinó de qué se trataba. Madelaine la había llamado esa misma mañana invitándola a cenar en su casa esa noche. Le había dicho que tenía huéspedes en su casa ese fin de semana y había invitado a otras personas del pueblo a cenar para que los conocieran. Claro que Madelaine nunca había necesitado excusas, le encantaba organizar eventos sociales y cualquier motivo era bueno.

Jaz había estado encantada con la idea. Los domingos el vivero estaba siempre lleno y después de un día de agotador trabajo, lo último que quería era tener que prepararse la cena.

Así que, una vez cerrado el vivero, se dio un relajante baño y se puso su vestido negro, el que llevaba en todas las ocasiones especiales. El mismo que llevaba el día del cóctel, hacía ya una semana. Estaba aún en la universidad cuando lo compró. Ya empezaba a estar viejo pero con su estilo, simple y clásico, no pasaba de moda fácilmente. Además, no tenía ninguna otra cosa que ponerse.

Beau Garrett la miró de arriba abajo con admiración. Su pelo, sedoso y recién lavado, caía en rizos sobre su espalda. Se había puesto maquillaje y brillo de labios. Pero se sentía extremadamente incómoda dejando sus piernas a la vista bajo el corto vestido.

–Para la cena en casa de Madelaine, claro –dijo él confirmando los temores de Jaz.

–Pero... Pensé que te habías ido a pasar fuera el fin de semana –espetó ella.

No había contado con tener que ver a Beau Garrett esa noche. Sabía que estarían alguno de los sofisticados amigos londinenses de Madelaine, pero la presencia de Beau le había pillado por sorpresa.

–Y así lo hice –confirmó sin explicar más–. Veo que ya estás lista. ¿Por qué no vas por el abrigo y nos vamos? Acertaron con lo de la nieve –añadió mirando el blanco manto que cubría parte del suelo–. Madelaine me llamó y me pidió que te recogiera, estaba preocupada por el mal tiempo. No merece la pena que los dos vayamos en nuestros respectivos coches cuando no hay necesidad.

Jaz sabía que tenía razón pero se temía que las intenciones de Madelaine al llamarlo para que la fuera a buscar habían sido otras, más propias de una casamentera que de una amiga.

–Vamos, Jaz –dijo impaciente–. ¡Hace frío aquí fuera!

–Entra adentro mientras voy por el abrigo.

Corrió escaleras arriba hasta su dormitorio, se puso su largo abrigo rojo, el que la hacía parecer recién sacada de un catálogo navideño y bajó.

–El rojo te queda bien –dijo él cuando la vio.

–Gracias –contestó escéptica al tiempo que salía de la casa.

–No se te da bien aceptar halagos, ¿verdad? –dijo él riendo.

–Lo que pasa es que contigo nunca estoy segura de que sean halagos –respondió Jaz.

No acababa de decirlo cuando sintió que la agarraba fuertemente del brazo. La giró para mirarla a la cara. En medio de la oscuridad, la luna iluminó el ceño fruncido de Beau.

–¿Qué es lo que pasa, Jaz? –preguntó despacio.

–Hace frío –dijo ella tratando de soltarse–. Si no nos vamos ahora llegaremos tarde.

Beau la miraba fijamente y eso la hizo sentir muy incómoda. Era como si pudiese ver dentro de ella, leer sus pensamientos más profundos y secretos. Aún estaba estupefacta por su repentina aparición. Una aparición, por otro lado, de lo más atractiva. El elegante esmoquin y el olor de su loción de afeitado habían conseguido acelerar su pulso más de lo que hubiera querido admitir.

–Diez minutos más o menos no van a cambiar nada. Dime qué es lo que pasa, Jaz –insistió con la mirada fija en sus ojos.

–¿Por qué todo el mundo me pregunta lo mismo? –exclamó impaciente.

–A lo mejor porque al menos algunos de nosotros estamos preocupados por ti –respondió Beau–. Cuando dices «todo el mundo» te refieres a Madelaine y a mí, ¿verdad? –agregó–. Porque parece que en este pueblo a nadie más le importa lo que te pase.

–No tienes ni idea de... ¡Ah!

Beau se abalanzó sobre ella buscando su boca en un beso apasionado.

Jaz sintió que se derretía entre sus brazos. Sus labios se relajaron y comenzaron a responder, jugar y moverse con los de él. Deseaba a ese hombre.

Se había pasado los últimos días pensando en lo arrogante, testarudo y altanero que era. Pero todo ello desapareció con un beso que la estaba deshaciendo por dentro.

Cuando se separó de ella, su expresión era seria. La sujetó por los hombros y le clavó su mirada gris plateada a la luz de la luna.

–¿No tengo ni idea? –preguntó con dureza– ¿Te ha tratado alguien con amabilidad en toda tu vida?

Jaz sintió como si la hubiera golpeado en la cara. Sus ojos azules se llenaron de lágrimas.

–¿Cómo te atreves...?

–¿Que cómo me atrevo? –dijo enfadado–. Te voy a decir por qué me atrevo...

–No, no me lo vas a decir. Te encanta decirle a la gente lo que piensas y ya estoy cansada. ¡Y tampoco quiero que me vuelvas a besar!

Se soltó de entre sus brazos. La había agarrado tan fuerte que si no le salían moretones en los brazos sería gracias al abrigo. Había conseguido recobrar la compostura después del beso y no estaba dispuesta a recibir compasión de ese hombre.

–¿No quieres? ¿Y si no me puedo contener? –preguntó él provocativo.

–Entonces te aconsejo que domines tus impulsos –le advirtió.

La miró intensamente durante segundos interminables.

–Ya veremos si puedo –dijo encogiéndose de hombros–. Todo depende de las provocaciones que reciba por tu parte.

Se acercó al todoterreno y lo abrió para que entraran los dos. Jaz decidió no provocarle nunca más. No quería provocar en él ningún tipo de reacción. Ningún tipo.

Capítulo 10

BEAU! ¡Cariño!
Nada más entrar en casa de Madelaine una mujer, envuelta en una nube de perfume intoxicante, casi tiró a Jaz al suelo al empujarla de camino hacia Beau. Ambos se abrazaron efusivamente, para disgusto de ella. No sabía por qué se sentía así. O quizás sí lo sabía, pero no estaba dispuesta a admitirlo, sobre todo cuando veía que él la correspondía y dejaba que esa rubia lo besara en la boca sin prisas.

–¡Camilla! –la saludó él cuando por fin volvió a ser dueño de su boca.

–La misma que viste y calza –dijo alegre y sonriente mientras le sujetaba posesiva el brazo.

La tal Camilla miraba a Beau como si quisiera comérselo a él para cenar, pensó Jaz. No habían visto aún a nadie más. Acababan de llegar a la casa y darle los abrigos a la joven que ayudaba a Madelaine cuando recibía en casa, la hija de Dennis Davis, cuando la amiga de Beau salió corriendo del salón para echarse en sus brazos.

Beau estaba encantado con la mujer y parecía habérsele olvidado que Jaz estaba allí. Ésta sacó un pañuelo de papel de su bolso y se lo ofreció a Beau.

–Toma. Ese tono de carmín no va bien con tu piel –dijo ocurrente.

Él se quedó mirándola inquisitivamente y fue Camilla la que, riendo, usó el pañuelo para limpiar, con estudiada sensualidad, la marca de barra de labios en la boca de Beau.

«Me rindo», decidió Jaz dirigiéndose al salón. Estaba visiblemente alterada. Sabía por qué y no le agradaba en absoluto. Estaba celosa. Nunca antes se había sentido así pero no tenía ninguna duda. Ver a esa mujer besando a Beau con familiaridad le había producido náuseas.

Era doloroso y humillante porque no quería sentirse así respecto a una persona que conseguía manejar sus sentimientos. Tan pronto la sacaba de sus casillas como se convertía en una mujer completamente sumisa ante sus besos. La única respuesta posible era que se estaba enamorando de él. Una idea que no lograba terminar de aceptar.

–¡Jaz! –la saludó Madelaine con cariño– ¿Has visto a...? ¡Ah!

La anfitriona no pudo por menos que torcer el gesto cuando vio a Beau entrar en el salón del brazo de Camilla.

–Lo siento muchísimo –le dijo a Jaz en un susurro.

–¿El qué?

–No sabía que Camilla conocía a Beau. Hace un rato comenté quién venía a cenar y fue cuando me enteré. Mi gozo en un pozo. Yo que estaba tan orgullosa de poder apuntarme un tanto... Pero parece que hemos perdido el tiempo. No parece que Camilla vaya a soltarlo en toda la noche.

Jaz ni siquiera quería mirar hacia donde se encontraban charlando animadamente Beau y Camilla. Ahora que estaban en casa de Madelaine no quería darle a Beau la satisfacción de que pensara que estaba pendiente de él.

–Madelaine, ya veo lo que estás intentando hacer. Al invitarnos a los dos y al decirle a Beau que me fuera a buscar. Pero creo que tienes una impresión equivocada sobre nosotros dos –la riñó con amabilidad.

–Sólo intentaba ayudar –se defendió la anfitriona con picardía.

–Ya lo sé –dijo Jaz suspirando–. Pero como puedes ver a él le interesan otro tipo de mujeres.

–No digas tonterías, Jaz. Los hombres como Beau se cansan pronto de mujeres de belleza superficial y sin contenido como la de Camilla.

Ya fuera belleza exterior o interior lo que estaba claro es que el vestido de Camilla, corto, negro, sin tirantes y extremadamente ajustado, hacía que Jaz pareciese una monja.

–Bueno, no importa –dijo Madelaine–. Hay tiempo de sobra.

–Tiempo de sobra para qué...

–Ven a saludar a los señores Booth –la interrumpió Madelaine arrastrando a Jaz hacia la chimenea.

Jaz se quedó encantada en compañía de los Booth. El nuevo vicario y su esposa eran una pareja muy agradable. Robert, de cuarenta y tantos años, era un hombre alto y de aspecto distinguido. Betty, en cambio, era menuda, rubia y sólo un año mayor que Jaz. A primera vista podían parecer una pareja descompensada. Pero desde que Jaz los había conocido un año antes se había dado cuenta de que Betty, aunque pareciera desorganizada y apocada era la que mantenía bien gestionada la parroquia, recordándole a Robert sus reuniones, citas y obligaciones.

–Es una fiesta estupenda ¿verdad? –comentó Betty– Los domingos son días de mucho trabajo para nosotros, así que cuando Madelaine nos llamó para invitarnos, aceptamos encantados. Es agradable cambiar de rutina.

Como el abuelo de Jaz había sido también vicario

comprendía a la perfección cómo se sentían. Seguro que tenían mucho trabajo. Robert era difícil de descifrar, en eventos sociales se mantenía casi siempre algo distante aunque estaba claro de que se alegraba de estar allí y poder así complacer a su mujer.

–A mí me pasa igual. El vivero está siempre lleno los fines de semana –explicó Jaz sonriente.

–Me alegro de oír eso –dijo Beau uniéndose a la conversación–. Toma, te he traído una copa de champán.

La sorpresa de Jaz fue mayúscula, ante la copa de champán y ante el mero hecho de que Beau estuviera allí y se hubiera conseguido apartar de la explosiva rubia.

–Camilla ha vuelto con su prometido –dijo Beau al ver que Jaz la buscaba con la mirada.

Jaz compadecía al novio de Camilla, a ella no le hubiera gustado en absoluto que su prometido se pusiera a saludar a una mujer como la suya había hecho con Beau.

–Y por cierto, no fuiste muy educada al abandonar a tu acompañante como lo hiciste –la reprobó Beau.

–¿Mi acompañante? –preguntó confusa.

–Sí. Me temo que no soy uno de esos hombres modernos que se conforman con llegar a algún sitio con una mujer y no volver a verla hasta la hora de irse –confesó Beau.

–Te entiendo perfectamente –asintió Robert.

–A mí tampoco me gusta, la verdad –dijo Betty apretando cariñosamente el brazo de su esposo.

Jaz no podía estar más de acuerdo con ellos, si el caso hubiese sido tal y como Beau lo había relatado, ¡pero no era así!

–Perdona pero... –comenzó Jaz enfurecida.

–Estás perdonada –la cortó Beau–. Prueba el champán, está delicioso.

Beau le ofreció de nuevo la copa. Sus ojos estaban riéndose de ella, sabía que Jaz ansiaba decirle lo que pensaba de él pero no podía, no en presencia de los Booth. Así que tomó la copa y bebió un buen trago. Lo necesitaba, cualquier cosa que pudiera ayudarla a contenerse y no darle a Beau una buena bofetada.

–Me encantan estas cenas tan elegantes –dijo Betty para llenar el embarazoso silencio–. Claro que la pobre cocinera de Madelaine no pensará lo mismo, ¡teniendo que cocinar para tanta gente!

Había alrededor de una docena de personas en el salón. La mayoría eran amigos londinenses de Madelaine. De Aberton sólo estaban los Booth y la propia Jaz, a quien le extrañó ver que el comandante no había sido invitado.

–¿Nos disculpáis? –dijo Robert dirigiéndose hacia donde Madelaine requería su presencia para presentarle a alguien más.

–Por supuesto –asintió Beau sonriente.

En cuanto los Booth se alejaron, a Jaz le faltó tiempo para encararse con él.

–¿A qué te referías con lo de acompañante? –exigió.

–Hemos venido juntos, ¿no? –dijo Beau fingiendo inocencia.

–Sí, pero...

–Además, te apuesto lo que quieras a que la buena de Madelaine, celestina donde las haya, nos ha colocado juntos en la mesa.

–Seguramente –reconoció Jaz.

–Entonces, ¿cómo no te voy a llamar mi acompañante?

–Porque sabes de sobra que sólo hemos venido juntos porque me has traído en coche. Eso no te convierte en mi acompañante ni tienes la obligación de pasar el resto de la noche conmigo –explicó Jaz intentando razonar la situación.

–¡Ah! ¿No?

–¡No! –exclamó ella impaciente.

–Bueno, en lo que a mí concierne, sí que considero que tú estás obligada a pasar el resto de la velada conmigo.

Jaz lo miró fijamente sin entender qué se proponía. La mirada de Beau reflejaba inocencia, un sentimiento que Jaz no atribuía a Beau en absoluto.

–Eso te cortaría mucho las alas –lo advirtió.

–Seguramente –confesó Beau–. Pero como no hay nadie aquí con quien quiera pasar el tiempo, me temo que me vas a tener que aguantar.

Jaz se había fijado en todas las miradas de envidia que el resto de las mujeres del salón le habían lanzado desde que Beau se pusiera a hablar con ella. Parecía que era la única fémina presente que no quería aguantar a Beau esa noche. Y tenía sus propias razones. Se estaba enamorando de ese hombre. Era una locura pero había pasado. Eso la convertía en una persona poco equilibrada y razonable, tendría que vivir con ello.

–¿Qué? –preguntó él.

Se sobresaltó al oír su voz y ver que la estaba mirando fijamente. Por fortuna, desconocía lo que estaba en ese momento pasando por la cabeza de Jaz.

–Nada –contestó con ligereza apartando la vista–. ¿Vas a muchas fiestas de éstas?

Aparte de los tres invitados locales, el resto eran personas de lo más glamuroso. Todos guapos y elegantes. Jaz reconoció un par de caras que había visto en televisión en alguna ocasión.

–No, durante el último par de semanas –dijo él–. Y

tampoco a demasiadas cuando vivía en Londres. Siempre intentaba escaquearme.

–Eso es difícil de creer –contestó ella.

Jaz pensaba que acudir a fiestas como aquélla, conocer a gente de todo tipo y alternar formaría parte indiscutible del tipo de trabajo que Beau tenía, o había tenido, en Londres.

–Y tampoco habría venido a ésta si Madelaine no me hubiera dicho que ibas a asistir –dijo con voz profunda y seductora.

Jaz se volvió a mirarlo. Sus ojos grises reían, pero el resto de la cara no dejaba entrever ningún sentimiento.

–Y, ¿por qué te hizo eso cambiar de opinión? –preguntó con ligereza, intentando ocultar su inseguridad.

No entendía por qué su presencia allí podía haberle hecho aceptar la invitación. A menos que él se sintiera atraído por ella. O que se estuviera enamorando de Jaz.

«Ya estoy pensando tonterías, se me ha subido el champán a la cabeza», pensó ella.

Estaba segura de que alguien tan sofisticado como Beau no podría nunca enamorarse de alguien como ella. Como mucho podría compadecerla y eso era algo de lo que ella podía prescindir.

–Olvida lo que te he preguntado –le dijo.

Madelaine, providencialmente, anunció entonces que la cena estaba lista. Jaz dejó la peligrosa copa de champán sobre la chimenea y se encaminó hacia el comedor.

Beau se adelantó y la tomó por el brazo.

–¿Y si no quiero olvidarlo? –le preguntó en un susurro.

–Pero yo sí, así que déjalo estar –dijo sin mirarlo.

–No, no lo dejo. Ya hablaremos de ello más adelante –la aseguró.

«Ya procuraré yo que sea mucho más adelante», pensó ella.

Capítulo 11

Y A PUEDES dejar de apretar los dientes, Jaz –le dijo Beau riendo mientras volvían en coche de casa de Madelaine.

Pero ella no podía. Temía que si dejada de apretar los dientes tendría que hablar, y no se hacía responsable de lo que pudiera decirle. No había sido la peor noche de su vida. Ésa había sido una fallida cita que tuvo a los dieciocho. Pero había sido casi todo menos agradable.

Tal y como Beau había sospechado, Madelaine los situó juntos en la mesa. Lamentablemente, Camilla estaba situada al otro lado de Beau. Una mujer a la que, sin duda, no le gustaba compartir la atención de un hombre con ninguna otra mujer. Y mucho menos si la otra mujer era una pueblerina como Jaz.

–¿Estás seguro de que Gerald es su prometido? –preguntó finalmente.

–Lo es y no lo es. Camilla es su tapadera –contestó Beau–. ¿Sabes a lo que me refiero?

–No lo... –Jaz se paró y miró a Beau incrédula–. ¿Quieres decir que Gerald es...? ¿Él es...?

–Exacto –confirmó él–. Su padre, que es el presidente del canal de televisión Burnet TV, no sabe nada. Y como no lo aprobaría en absoluto, Gerald decidió buscarse una pareja, femenina, por supuesto, para acallar las sospechas de su padre.

–Ya entiendo –dijo ella.

Jaz nunca hubiera imaginado que a Gerald no le gustaran las mujeres. Era un hombre muy atractivo y encantador.

–Pero Gerald no se está aprovechando de ella –explicó Beau–. Ella lo sabe y es un acuerdo muy conveniente para los dos.

–¿Quieres decir que Camilla también es homosexual? –preguntó Jaz con los ojos como platos.

–No, no es eso –dijo él riendo–. Gerald tiene muchos contactos en el mundo de la televisión y el cine. Camilla es una mujer muy ambiciosa así que no le importa echarle una mano y...

–Y a cambio recibir un empujoncito en su carrera –terminó Jaz asqueada–. ¡Todo es tan falso! No me importan en absoluto las preferencias de Gerald, allá cada cual. Pero toda esta historia es tan artificial...

Jaz se había pasado la velada celosa de una mujer que se había comprometido con alguien sólo para mejorar sus expectativas profesionales. Quizás también pensara en aprovecharse de Beau para tener más contactos en el mundo de la televisión.

–Eres una chica lista –dijo Beau mirándola de reojo–. Sí, Camila es muy ambiciosa. Es una pena que perdiera el tiempo conmigo.

Jaz no estaba segura de lo que había querido decir.

–Porque como ya adivinaste tú misma, ya no formo parte de ese mundo –dijo con gesto adusto.

Se preguntaba si habría dejado ese mundo a la fuerza o si se habría tratado de una decisión personal. A juzgar por las pocas conversaciones que habían mantenido al respecto y sus duras reacciones, Jaz se imaginaba que se había visto empujado a abandonar su carrera por culpa de terceros.

–¡Ah! ¡Otra cosa! –dijo él–. Madelaine me ha regañado esta noche por meterte ideas en la cabeza.

Jaz lo miró sin comprender. Se temía lo peor. Que Madelaine, desde su buen corazón, hubiera advertido a Beau que no jugara con sus sentimientos o algo así.

–Por lo visto. Hablaste con ella sobre la posibilidad de irte del pueblo –explicó él–. Y eso que a mí, cuando te lo sugerí, me dijiste que me metiera en mis propios asuntos.

–Es que tú no me lo sugeriste. ¡Tú me acusaste de ser demasiado cobarde para hacerlo! –se defendió Jaz enfadada–. Es verdad que se lo comenté a ella, pero eso tampoco es asunto tuyo.

–A menos que decida que sea asunto mío, ¿no? –dijo él.

–¡Claro que no! –contestó indignada–. Cuando lo sugeriste, pensé que era ridículo, pero luego lo he estado pensando, la verdad.

–¿Y?

–Todavía estoy considerándolo –espetó Jaz.

–Es más gratificante sentarse a ver crecer la hierba que conseguir una respuesta directa de tu boca –dijo él.

–Pues, ¡hazlo y déjame en paz! ¡Aunque crece muy despacio en esta época del año!

–¿Sabes una cosa? –dijo sonriendo–. Estar contigo nunca es aburrido.

–Me alegro de ser buena para algo, aunque sólo sea para que no te aburras –contestó mordaz.

–¿Por qué no me invitas a un café? –sugirió él.

Jaz lo miró extrañada y se dio cuenta de que acababa de aparcar su Range Rover a la entrada de su casa. Beau la miraba esperando respuesta. No estaba segura de que fuera buena idea invitarlo a pasar. Las dos veces que habían estado en su casa, él la había besado. Claro que, después de todo, se estaba dando cuenta de que le gustaba que la besara. La verdad es que le gustaba mucho.

–Vamos, Jaz. Invítame a tu casa. Haz algo peligroso por una vez en tu vida –susurró Beau.

Jaz no podía permitirse vivir peligrosamente, no en ese momento. Su vida siempre acababa complicándose demasiado. Y después de las dos cartas anónimas recibidas...

–La verdad es que estoy bastante cansada... –comenzó.

–Vale. Entonces, yo preparo el café –respondió Beau.

–Pero mañana es lunes...

–No me importa que llegues más tarde.

–No me apetece tomar café...

–De acuerdo. Nada de café. Invítame a pasar de todas formas –insistió él.

Sintió que la estaba dejando sin argumentos. Beau puso su mano en la mejilla de Jaz con mucho cuidado, acariciando con el pulgar sus suaves labios.

–Jaz –susurró–. Invítame a pasar.

Jaz tragó saliva. El simple contacto con Beau la había dejado sintiendo una descarga de adrenalina por todo su cuerpo. No sabía qué podía a pasar si dejaba que entrara en la casa.

–Yo...

–¡Voy a entrar! –dijo él retirando su mano y saliendo del coche.

Tomó la decisión por ella, antes de que una negativa saliera de su boca. Jaz había mostrado tan poco entusiasmo hasta el momento que habría sido difícil que acabara accediendo si no hubiera tomado él la iniciativa.

Jaz salió despacio del coche, sin mirarlo a los ojos. Buscó la llave en el bolso.

–Pareces un conejillo asustado –dijo Beau.

–Es que me siento como un conejillo asustado –le respondió ella mirándolo.

–¿Te doy miedo? –preguntó él con expresión seria.

–¡Sí! ¡No! –dijo irritada.

–Decídete, Jaz. ¿Sí o no?

Beau se llevó la mano instintivamente a la cicatriz. Jaz sabía que si decía que sí conseguiría que se fuera, podría salir de la situación. Pero también sabía que él no iba a interpretar bien su negativa, que pensaría que era por su aspecto y Jaz no estaba dispuesta a herirle de esa manera.

–No –dijo impaciente–. No eres tú el que me da miedo, es...

Jaz no podía seguir hablando. No quería decirle que a quién temía era a ella misma, a sus propias reacciones. No estaba preparada para estar a solas con él. Y aunque ahora mismo estuvieran solos frente a la casa, y él pudiera besarla y conseguir que todo su cuerpo se derritiera en sus brazos, sabía que no intentaría hacer el amor con ella en medio del jardín. Pero si entraban en la casa...

Beau se acercó a ella, tan cerca que casi podían tocarse. Casi.

–¿Me crees cuando te digo que nunca haría nada para herirte? –dijo él mirándola a los ojos.

Apenas podía respirar y le temblaban las rodillas. Su mirada, intensa y llena de deseo, le decía que quería hacer el amor con ella. Sabía que si ocurría y luego la dejaba iba a sufrir mucho.

–Creo que no me herirías a propósito, pero lo harías de todas formas –dijo ella.

La miró unos segundos más y suspiró. Estaba frustrado, quizás por su testadurez o porque sabía que Jaz tenía razón.

–Lo importante es que no lo haría nunca a propósito –dijo Beau.

–Pero lo harías de todas formas –concluyó ella bruscamente.

–Espero que no –dijo él con gesto de dolor–. Claro que en mi vida todo es ahora incertidumbre y de lo único que estoy seguro es de que no sé nada.

Ella, en cambio, supo de pronto con claridad qué era lo que quería. Quería a ese hombre. Lo deseaba con locura y sabía que todas sus dudas anteriores habían sido una pérdida de tiempo porque estaba enamorada de él.

Decidida, se acercó a él, sabiendo que ese movimiento daba sentido a toda la velada. Desde que lo viera frente a la puerta de su casa tres horas antes, todos los acontecimientos habían conducido a ese momento.

–A lo mejor –dijo con voz entrecortada–, a lo mejor sólo necesitas alguien que te ayude.

Se echó a sus brazos y lo besó de puntillas. Durante interminables segundos Beau se mantuvo inerte. Después la rodeó con sus brazos y profundizó apasionadamente en el beso que ella, algo tímida, había comenzado.

Su cuerpo se fundió con el de Beau. Ambas anatomías se amoldaron perfectamente, desde su pecho hasta sus muslos. Sus brazos, alrededor de los hombros de él, permitían a sus dedos enredarse en el oscuro y ensortijado cabello de la nuca de Beau. Sus bocas llegaron a un nivel de intimidad y placer desconocidos para Jaz.

Sentía su pecho tensándose bajo la presión de él y un intenso hormigueo en todo su cuerpo.

Sus muslos ardían con un calor que necesitaba ser aplacado. Mientras, el beso seguía y seguía, y subía su ímpetu.

Dejó escapar un apagado grito al sentir la mano de Beau acariciando su pecho bajo el abrigo. Grito que pronto se transformó en gemido cuando comenzó a jugar con sus excitados pezones. Sentía como el deseo crecía imparable dentro de ella. Sus piernas apenas podían sostener el peso de su cuerpo.

Lo deseaba con locura, todo su cuerpo lo necesitaba. No podía respirar, sólo gemir.

De pronto, los faros de un coche que pasaba por la calle los iluminó, sólo duró una décima de segundo, pero fue lo suficiente para que Jaz recobrara parte del sentido, volviera a la realidad y se diera cuenta de lo que estaba haciendo. Los faros habían sido un jarro de agua fría. El momento de extrema intimidad había pasado y Beau se mostró de nuevo distante.

–¿Ves? Te dije que no era una buena idea –dijo ella, sonriente pero con los ojos llenos de dolor.

–Sí. Tenías razón –reconoció con voz áspera mientras se apartaba de ella y metía las manos en los bolsillos del abrigo.

–Nos vemos mañana –dijo ella alegremente, conteniendo las lágrimas que amenazaban con caer en cualquier momento.

–Claro –contestó Beau–. Jaz...

–No. Vete, por favor.

No quería quedarse allí a escuchar por qué no podía tener nada con ella. Sentía que Beau estaría ya arrepintiéndose de lo que había pasado y de lo que podía haber pasado.

–No quiero que... –intentó él de nuevo.

–Por favor, Beau. Vete ya –lo interrumpió Jaz con voz entrecortada.

No podía soportarlo más. Estaba siendo más que complicado controlar sus emociones, un difícil equilibrio que podía desmoronarse en cualquier momento.

–Es mejor que pensemos que ha sido una equivocación –dijo ella.

–¿Eso es lo que ha sido? ¿Una equivocación? –preguntó Beau.

–Desde luego –contestó ella con firmeza–. Y no te preocupes, no volverá a pasar.

–No es que no me gustes, Jaz... –dijo él dejando escapar un suspiro.

–Ya. Hasta yo, con mi poca experiencia, me he dado cuenta de eso –contestó de forma airada.

Acababan de estar tan cerca el uno del otro que Jaz había podido sentir la patente excitación de Beau. Estaba claro que se sentía atraído por ella.

–Lo que pasa es que no sé qué voy a hacer. Ni siquiera sé si me voy a quedar aquí y... –dijo él incómodo.

No necesitaba que le explicara que si volvía a Londres y retomaba, de uno u otro modo, su carrera allí, ella no iba a tener un lugar en su vida, no iba a encajar en ella.

–No tienes que darme ninguna explicación, Beau –le aclaró ella–. Recuerda que fui yo quien te besó.

–Sólo después de que yo dejara claras mis intenciones para que me invitaras a pasar a tu casa –dijo él con una mueca.

–Entonces supongo que ha sido mejor así, que nos quedáramos fuera para descubrir lo peligroso que podía haber sido que pasara algo más –explicó Jaz.

–Eres una jovencita asombrosa, Jaz –dijo él con gesto triste.

Quizás ése era el problema, su juventud. Tenía, además, poca experiencia y era vulnerable. Características todas que mantenían alejados a hombres del nivel de sofisticación de Beau.

–Gracias –dijo seria–. Estoy muy cansada así que si me disculpas...

–¡Claro! –contestó él dando un paso atrás–. Tómate tu tiempo mañana. No tienes por qué ir tan pronto como otros días.

–Vale –dijo ella–. Claro que si estás pensando en no quedarte aquí no sé si quieres que continúe con el trabajo en tu jardín. No hay razón para que te gastes todo ese dinero si no te vas a quedar...

Jaz hablaba en serio pero esperaba que no la hiciera devolver el anticipo. Parte del dinero lo había usado ya en comprar comida congelada y otras necesidades urgentes, como zapatos y ropa interior.

–No. Vamos a seguir adelante con los planes –dijo Beau–. Bueno, será mejor que entres. ¡Estás empezando a ponerte amoratada!

Era verdad. Las temperaturas habían bajado de forma drástica durante los últimos días, sobre todo después de que nevara durante el fin de semana.

–Bueno, cuídate –dijo ella volviéndose para entrar dentro de la casa.

Para Jaz había sido una noche desastrosa de principio a fin. La preciosa Camilla había estado encima de Beau toda la noche lo que había provocado continuos celos por su parte. Por otro lado, se había dado cuenta de que estaba enamorada de él y había tomado la iniciativa al besarlo.

Lo único bueno del día era que no había una tercera carta esperándola bajo el felpudo.

Capítulo 12

NO HABÍA tenido carta la noche anterior, pero las cosas cambiaron a las siete y media de la mañana siguiente, cuando bajó a la cocina para prepararse una taza de café.

No había dormido bien. Se había pasado toda lo noche reviviendo en su cabeza la escena del día anterior. Se arrepentía de haber besado a Beau como lo hizo y de todo lo que pasó. Cuando vio otra carta bajo el felpudo se le vino el mundo abajo.

Esta vez sólo había una palabra escrita en medio del papel:

Zorra.

Eso era justo lo que necesitaba leer para acabar de hundirla en la miseria. Se preguntó quién sería el que mandaba las cartas. Sin duda alguien que no dormía nunca. Alguien que la acechaba de noche o se levantaba en cuanto amanecía para asegurarse de que Jaz recibiera la carta tan pronto como se levantara.

Se le ponía la carne de gallina al pensar que esa persona pudiera estar vigilándola cerca de su casa. Se preguntó qué tipo de persona era capaz de hacer algo así, qué tipo de ser humano hacía sufrir a otro de esa manera.

Rompió la carta y la tiró a la papelera. Sin duda se trataba de alguien que sabía que la noche anterior había estado en casa de Madelaine con Beau. Pero eso no la ayudaba mucho ya que lo más probable era que la mitad de Aberton ya fuese conocedora de ese hecho. Gracias a la inestimable ayuda del lechero que si había estado charlando sobre la cena con Betty Booth, una de las más madrugadoras, ya se habría encargado de distribuir las noticias a los demás clientes.

Pensar en cómo se podían haber enterado los vecinos no la ayudaba a descubrir quién escribía las cartas, pero era reconfortante intuir que podía haber sido cualquiera, incluyendo a gente que no le caía bien. Por otro lado estaba el conductor del coche cuyos faros les interrumpieron la noche anterior. Quizás no fuera casual que pasara con el coche por allí, quizás estaba espiándolos.

Jaz se arrepintió de no haberse fijado más en el coche, al menos en la marca y el color.

Pero tenía que dejar de elucubrar sobre todas esas cosas o acabaría volviéndose loca o paranoica, decidió. No quería convertirse en alguien pendiente de los coches que pasaban delante de su casa, alguien que sospechara de todo el mundo.

El teléfono rompió el silencio de su casa y casi la hizo tirar la taza de café al suelo. El sonido del aparato le puso el corazón a cien. Quizás fuera demasiado tarde para intentar no volverse paranoica. La preocupaba recibir llamadas tan temprano, temía que su admirador anónimo se hubiese cansado de mortificarla sólo con las cartas y hubiera decidido pasar a las llamadas.

–Diga –dijo intentando sonar tranquila.

–Buenos días, Jaz –dijo la voz de Beau al otro lado de la línea–. ¿Has dormido mal?

–No –dijo con voz distante–. ¿Qué quieres?

–La tierra está helada –explicó después de un breve silencio–. Y dicen que las temperaturas no van a mejorar mucho así que no creo que debas venir a trabajar aquí hoy.

A Jaz se le cayó el alma a los pies al oírlo. Sabía que verlo después de cómo se despidieron la noche anterior hubiera sido algo incómodo pero, después de recibir la tercera carta, necesitaba la compañía de Beau para sentirse segura. Al decirle que era mejor que no fuera, se sintió muy desanimada. No sabía cómo iba a poder llenar todas las horas del día. Intentaría poner al día sus facturas, cuidar de las plantas con la ayuda del viejo Fred. En definitiva, todas las cosas normales en las que ocupaba sus días antes de que Beau Garrett llegara a Aberton.

Pero eso no era lo que quería hacer ese día. Lo que quería de verdad era...

—Así que no creo que debas venir a trabajar —repitió Beau— pero si quieres venir sobre las doce y media, pensaba cocinar para ti.

—¿Cocinar para mí? —dijo completamente asombrada.

—Sí, ¿es que no me crees capaz?

—No es eso. Es que...

—Verás, estoy muy confundido. Tan pronto pienso una cosa como cambio de opinión.

—Te entiendo.

—Pero tienes que saber que esta inconsistencia de carácter no es común en absoluto. Pero es que me tienes desconcertado, Jaz Logan —añadió él.

—¿Yo? —preguntó con los ojos como platos.

—Sí, tú. Algo a lo que no estoy acostumbrado. Tengo... Quiero decir, tenía una vida de lo más organizada. Por razones obvias, decidí cambiar algunas cosas en mi vida. Pero esos cambios no incluían el conocer a alguien como tú.

No entendía muy bien a qué se refería Beau con esas palabras. Seguía concentrada en el hecho de que la estaba invitando a comer en su casa.

–Me encantaría ir a comer allí –le dijo mirando con desagrado la papelera donde acababa de tirar la maldita carta.

Estaba más animada, decidida a que nadie, y menos aún el energúmeno que había escrito las cartas, le dictara lo que tenía que hacer y a quien tenía que ver.

–¿Qué querías decir con lo de conocer a alguien como yo? –preguntó ella.

–Déjalo ya, Jaz. No voy a decirte nada más. Suficiente por un día –contestó él–. Me parece que ya lo dejo bastante claro al invitarte a comer a pesar de que no sé si es una buena idea.

–¡Qué cortés eres, señor Garrett! –dijo sarcástica.

–Nadie me había acusado antes de ser cortés o galante, ¡gracias a Dios! –replicó él–. Entonces, ¿vienes o no?

Sí que iba a ir. Desde luego que sí. A pesar de que no sabía por qué él pensaba que quizás no fuera una buena idea.

–Sí, voy a ir. ¿Quieres que lleve algo?

–Sólo tú –contestó rápidamente.

Jaz sintió la emoción recorrerle la espalda. Una especie de calor interior que no sabía cómo explicar.

–Entonces, nos vemos a las doce y media –dijo antes de colgar el teléfono.

Siguió de pie en el pasillo algún tiempo después de que terminara la conversación telefónica, perdida en sus pensamientos y completamente ilusionada con la idea de ir a comer a su casa y ver a Beau de nuevo. Pensó en qué podría ponerse que no fuera demasiado elegante para un almuerzo pero que resultara mejor que los viejos vaqueros y sudaderas que siempre llevaba cuando trabajaba en el jardín.

Sólo un pensamiento consiguió devolverla a la realidad: la posibilidad de que no se quedara en Aberton.

Si Beau, de quien estaba enamorada, decidía volver a Londres, se quedaría destrozada.

Subió escaleras arriba sumida en sus pensamientos.

–He pensado que podíamos comer en la cocina, si te parece bien –dijo él tras abrir la puerta y saludarla–. Es la habitación más caliente de la casa y la única reformada, por ahora.

Jaz estaba encantada de estar en la cocina. Hasta el momento en que aparcó su coche frente la antigua casa parroquial no recordó lo difícil que le resultaba estar en esa casa. La vivienda tenía el poder de evocar montones de recuerdos, la mayoría deprimentes. La cocina era la habitación más segura en ese sentido porque no se parecía en absoluto a cómo había sido en el pasado. Jaz recordó que siempre que visitaba a sus abuelos la dominaban malos augurios y, a juzgar por cómo se sentía ese día al bajar del coche, aún era así.

–¿Qué pasa? –preguntó él.

–Nada –respondió Jaz forzando una sonrisa–. Lo de la cocina me parece bien.

–Éste no fue un hogar feliz, ¿verdad? –dijo después de mirarla a los ojos.

–¿Qué quieres decir? –preguntó extrañada.

–El columpio en el jardín, la decoración infantil de las paredes de uno de los dormitorios. Es todo una ilusión, ¿no? No fue un hogar feliz, ¿verdad? –repitió.

Jaz tragó saliva y hundió las manos en los bolsillos traseros de sus nuevos vaqueros.

–No –confirmó ella–. Tienes que darte cuenta de que mis abuelos hicieron todo lo que pudieron, pero ellos... –se paró sin saber qué decir.

–Fracasaron totalmente –terminó Beau–. Primero con tu madre y luego contigo.

–Estás siendo muy duro, Beau. Eran buenas personas...

–¿Lo eran? –la interrumpió acercándose a ella.

–Sí, lo eran –repitió–. Pero tuvieron a mi madre muy tarde, después de los cuarenta, y no sabían muy bien cómo educarla. Y mi madre... Supongo que puedo contarte esto. Si no lo hago yo, otros lo harán.

–¿Por qué?

–Porque es lo que la gente hace.

–No la gente que yo conozco –dijo con dureza.

–Bueno, supongo que las cosas son diferentes aquí –reconoció Jaz.

–Eso sí que es verdad.

–¿Para qué me has invitado a comer? –protestó ella entre lágrimas– ¿Para conseguir que me sienta mal?

–Por supuesto que no –dijo apenado–. Pero parece que lo estoy consiguiendo.

–Pues ponte a la cola –contestó ella pensando en que la comida no estaba yendo como había previsto.

Beau se quedó de pronto quieto y la miró preocupado. Jaz se lamentó de haber hablado de más.

–¿Qué has querido decir con eso? –preguntó él.

Beau era un hombre muy inteligente, no se le pasaba nada. Y Jaz se encontraba aún afectada por la tercera carta. A pesar de haberla roto y tirado, el insulto estaba aún muy vivo en su cabeza y el dolor aún más fresco.

–Nada –dijo ella sin darle importancia–. Es esta casa. No sé. Es una tontería. ¿Qué vamos a comer?

–Yo debería comerme mis palabras. Sobre todo después de ver cómo te han afectado –dijo Beau–. Deberías tener a alguien que cuidara de ti.

–¿No es eso un poco machista y anticuado para este siglo? –preguntó sarcástica.

–He dicho alguien que te cuide, no alguien que dirija tu vida.

Jaz sonrió, contenta de haber conseguido cambiar de tema y dejar de hablar de su madre y abuelos.

–Para algunas feministas se trata de la misma cosa –dijo ella riendo.

–Pues se equivocan –declaró él–. Yo, por ejemplo, soy una persona independiente y no me importaría tener a alguien que me cuidara, alguien a quien yo le importe, claro.

–Ya me imagino –dijo ella, consciente de que la conversación volvía a temas peliagudos.

Beau pareció ser consciente de ello. Se miraron a los ojos durante segundos eternos y la tensión creció entre ambos. Tensión rota de golpe por un timbre.

–Es el reloj del horno –explicó Beau yendo hacia él–. ¡Ay! –gritó al quemarse la mano.

–Veo que es verdad que necesitas que te cuiden –comentó ella mientras abría el horno con la ayuda de una manopla.

–En la caja ponía que tenían que hornearse durante cuarenta y cinco minutos –explicó él.

Jaz sacó la bandeja y echó un vistazo a las lasañas. Olían fenomenal.

–Bueno, parece que la caja estaba en lo cierto –dijo riéndose de él.

–Hay ensalada en el frigorífico y patatas asadas en la parte de abajo del horno –replicó él intentando pincharla.

–Cuando dije que necesitas a alguien que te cuide me refería a una empleada de hogar. Me sorprende que no tengas una –confesó Jaz.

Se imaginaba que en Londres tendría a alguien que se ocupara de comprar la comida, prepararla y arreglar su casa. Su vida entonces debía de haber sido demasiado compleja y estresante como para ocuparse de esas cosas.

–No me gusta tener desconocidos en casa –dijo Beau–. Mi ex mujer, por entonces mi mujer aún, me convenció de que un hombre de mi posición tenía que tener criadas, que ella no iba a ocuparse de esas cosas. Así que cuando nos casamos, se trajo a su empleada de hogar. Nunca llegué a comprender que era eso de un «hombre de mi posición».

Jaz pensó que entonces él era el único que no lo comprendía.

–Me sentía como un invitado en mi propia casa. Entre las dos acordaban los menús y tenía que comerme cosas que ni siquiera me gustaban. No me podía ni relajar en el sofá, siempre andaban detrás de mí temiendo que pusiera la casa patas arriba. Así que cuando Verónica me dejó, ¡me aseguré de que su asistenta se fuese también con ella!

–¿Cuánto tiempo estuvisteis casados? –preguntó intrigada.

–Diez meses, tres días y seis horas –dijo Beau en tono serio.

Jaz supuso que su matrimonio no habría sido un camino de rosas en absoluto, más bien todo lo contrario. De otro modo, no se acordaría aún de la duración exacta del martirio.

–No parece que fuera una experiencia muy agradable –dijo intentando no implicarse.

–Tan agradable como ir al dentista –reconoció con un gesto de asco–. Por eso decidí no volver a pasar por ello nunca más.

Se preguntó si lo diría para que ella se diera por enterada. Lo que tenía claro era que el comentario le había dolido.

–¡No me extraña! Después de lo que me has contado... –dijo sin dejar entrever sus sentimientos.

Nunca había pensado, ni soñado, en la posibilidad de que Beau quisiera casarse con ella. Pero, de todas formas, oírle cuánto odiaba la idea del matrimonio resultaba bastante desalentador.

Beau comenzó a servir la comida en los platos y Jaz se quedó allí, de pie, sin saber cómo ayudar. La mesa ya estaba puesta, la comida ya estaba lista...

El teléfono comenzó a sonar de pronto. Jaz se giró y miró a Beau, visiblemente disgustado por la interrupción, sobre todo cuando estaba metido en faena sirviendo la lasaña.

–Contesta tú, por favor –le pidió impaciente.

Jaz se quedó parada, no estaba segura de que fuera una buena idea. No sabría cómo explicar su presencia allí si se trataba de sus amigos londinenses, o de alguna amiga en especial...

–¡Jaz! –repitió él mirándola.

Se volvió y tomó el teléfono.

–¿Diga?

Silencio.

–¡Hola! ¿Dígame? –repitió ella.

Más silencio.

Un escalofrío de aprensión le recorrió la espalda. Sabía que había alguien al otro lado de la línea. Le oía respirar. Alguien que, por algún motivo que se le escapaba a Jaz, no quería hablar con ella.

–¿Hola? –dijo ella con mayor firmeza.

Su interlocutor colgó entonces el teléfono.

–¿Quién es? –preguntó Beau con impaciencia.

–Nadie –dijo ella fingiendo indiferencia–. Seguro que era alguien que se había equivocado de número.

Pero en su interior, Jaz sabía que no se habían equivocado de número sino que la persona equivocada había contestado al teléfono de forma inesperada. Pensaba que la persona que le había mandado las cartas anónimas tenía la confianza suficiente con Beau como para llamar a su casa. Estaba convencida de que había estado hablando con el autor de las misivas.

Capítulo 13

SIÉNTATE! –la ordenó Beau–. Pon la cabeza entre las rodillas.

Sabía que si no se sentaba en la silla, se caería al suelo. Saber que había estado hablando con su torturador, con la persona que la atormentaba desde hacía días con las cartas, le produjo una fuerte reacción. Le temblaban las piernas y se quedó blanca como el papel. Beau dejó la bandeja con las lasañas en la encimera y corrió a socorrerla cuando vio su aspecto.

–¿Qué pasa? –la preguntó colocándose en cuclillas frente a su silla.

–Yo... Ha sido...

–Ha sido esa llamada de teléfono, ¿verdad? –adivinó él con astucia– Pero, ¿no dijiste que había sido alguien que se había equivocado de número?

–Sí –asintió ella tragando saliva.

–Entonces, ¿por qué te has puesto tan pálida como la leche? –preguntó preocupado.

–¡Siempre diciéndome cosas bonitas! –dijo ella con una sonrisa triste.

–Normalmente no soy así –aseguró Beau–. Pero tú sacas lo mejor de mí.

Intentaba hacerla reír y consiguió que sonriera a pesar de su dolor.

–Lo siento. No sé qué ha pasado. Estaba bien y, de repente...

–Ha sido esa llamada de teléfono –repitió él–. ¿Quién era? ¿Te han dicho algo desagradable?

No le habían dicho nada, ni malo ni bueno. Nada en absoluto. Y tampoco había sido necesario para hacer que se sintiera con el ánimo por los suelos.

–Ya te he dicho que sólo era una equivocación –dijo mirando a otro lado para cambiar de tema–. ¡Se nos va a enfriar la comida!

–¡Olvídate de la comida! –dijo con dureza–. Casi te desmayas así que si piensas que voy a seguir como si nada hubiera pasado, sin que me lo expliques, estás muy equivocada.

–Es una pena porque estoy hambrienta. Seguramente ése es el motivo de que casi me mareara –explicó ella.

La verdad era que no se sentía con fuerzas para probar bocado, pero iba a intentar que todo volviera a su cauce para no tener que dar a Beau ningún tipo de explicación. No podía decirle la verdad porque sabía que no iba a conformarse con una explicación simple. Beau querría saber más y más. Querría conocer todos los detalles y todas las razones. No sabía lo que haría si descubría que alguien había estado mandándole las horribles cartas, sobre todo cuando se diera cuenta de que su amistad era la causa de las misivas.

–¿Jaz? –insistió él, esperando una explicación.

–¿Beau? –respondió ella con inocencia.

–Me estás ocultando algo –dijo él despacio, dejando escapar un suspiro de impaciencia por el silencio de Jaz.

–Es que soy una mujer muy misteriosa –contestó ella mordaz.

–Jaz...

–Mira, Beau, estoy muerta de hambre, de verdad –dijo sonriéndole.

Se quedó mirándola durante varios segundos sin querer ceder.

–Vale. Vamos a comer –dijo finalmente–. Pero después me vas a dar una explicación sin que tenga que sonsacarte.

Lo conocía lo bastante para saber que hablaba en serio pero contaba con que, mientras tanto, se le ocurriera alguna explicación creíble para justificar su comportamiento. Una explicación distinta de la verdad, por supuesto.

–Y me dirás la verdad –advirtió él como si estuviera leyendo sus pensamientos.

Durante la siguiente media hora intentó esconder sus verdaderos sentimientos lo mejor que pudo. Fingió despreocupación mientras disfrutaba con fingida alegría de la comida. Beau no dejaba de observarla.

–Bueno, ¡ya está! –anunció impaciente Beau mientras quitaba los platos de la mesa–. Es hora de que me lo cuentes.

–Pero si ni siquiera hemos terminado de comer –dijo ella intentando retrasar el momento.

–¡A lo mejor no hemos terminado porque a los dos se nos ha quitado el apetito! ¡Deja de andarte con rodeos, Jaz! –replicó él, añadiendo en tono más suave–: Quiero saber qué es lo que está pasando.

El tono suave de su voz consiguió romper algo dentro de ella, romper la barrera que se había construido para defenderse de los ataques. Las lágrimas, durante tanto tiempo retenidas en los ojos, cayeron en abundancia por sus mejillas sin que ella pudiera hacer nada para evitarlo.

–¡Oh, Jaz! –dijo él acercándose a ella desde donde estaba.

Beau la abrazó y acunó entre sus brazos. Se sentía protegida y resguardada allí. Entonces rompió a llorar desconsolada, encontrando en él el apoyo que necesitaba para desahogarse. Descansó su mejilla en la camisa de Beau y rodeó su cintura con los brazos. Había llegado el momento de dejarse llevar. El dolor que le había producido la enigmática llamada se acumulaba en su interior y era hora de sacarlo fuera.

Poco a poco las lágrimas fueron desapareciendo hasta que, finalmente dejó de llorar. Beau seguía meciéndola en sus brazos, acariciando su pelo y susurrándole al oído palabras tranquilizadoras.

Jaz no se movió, estaba disfrutando de ese instante. Mientras estuviera en sus brazos podría retrasar el momento de explicarle su reacción.

—Bueno, Jaz —dijo él al poco tiempo—. Sé que ya has dejado de llorar porque oigo tu cerebro funcionando a toda prisa pensando en qué historia me vas a contar que sea aceptable.

—No tengo por qué darte ninguna explicación, ni aceptable ni inaceptable —repuso ella levantando la cabeza para mirarlo.

—Sí que tienes que hacerlo.

—No, no...

—Sí, Jaz —repitió él sujetándola por los hombros y mirándola fijamente a los ojos.

Se sentía frustrada. Quizás había exagerado las cosas. Estaba tan obsesionada con la tercera carta que acababa de recibir que una simple llamada de teléfono había conseguido volverla paranoica. Así que no encontraba justificación para contarle lo de las cartas en absoluto. Claro que sería difícil convencerlo.

—Pensé que a lo mejor quien llamaba era una mujer, alguna amiga tuya que pudiera sentirse muy extrañada de que otra mujer contestara el teléfono en tu casa y que por eso había colgado —explicó ella.

—¿Y si hubiera sido así? ¿Por qué te iba a alterar tanto eso? —preguntó él.

La respuesta más lógica que se le ocurrió a Jaz era que porque estaba enamorada de él, por eso se había alterado tanto ante la posibilidad de que otra mujer lo llamara. Pero no podía decirle eso.

–Porque tú... Has sido muy amable conmigo y no quiero causar problemas entre tú y...

–No quieres que tenga problemas con una mujer que cuelga cuando llama a mi casa y otra mujer responde al teléfono –terminó él.

–¡Eso es! –exclamó ella.

–No conozco a ninguna mujer que pudiera hacer algo así.

–¿No?

–No –aseguró Beau.

Jaz se preguntó si lo que quería decir era que no había ninguna mujer en su vida o que, la que había, no tenía derecho a hacer algo así. Tenía tan poca experiencia en esas cosas que ignoraba por completo cómo se comportaría un hombre del nivel de sofisticación de Beau.

–Bueno, entonces... –dijo ella sonriendo.

–No conozco, ¡ni quiero conocer!, a nadie capaz de colgar de esa manera –afirmó él–. Así que, ¿de quién crees que se trata, Jaz?

Ella tenía una ligera idea sobre de qué se trataba la llamada, aunque no supiera exactamente quién era la persona que la había hecho. Seguía empeñada en no hablar con Beau sobre las cartas aunque sabía que a partir de ese día iba a tener que hablar sobre ellas con alguien.

–No lo sé, es tu teléfono –dijo ella quitándole importancia.

–Es verdad –replicó él separándose de Jaz–. Muy bien, vamos a enfocar el tema desde otro punto de vista. Cuando llegaste ibas a decirme algo sobre tu madre, ¿no?

–Eso no viene a cuento, Beau –dijo ella riendo y mirando el reloj–. Además, ya es hora de que me vaya. El pobre Fred está solo en el vivero.

–De repente te acuerdas de Fred y te remuerde la conciencia, ¡qué coincidencia! –dijo Beau cruzándose de brazos.

–Es que hay bastante trabajo. Para que lo sepas, esta mañana he tenido dos clientes –explicó Jaz.

–¡Vaya! –exclamó sarcástico.

La verdad era que el negocio no iba demasiado boyante. Uno de los clientes había comprado una docena de plantas y el otro dos bolsas de abono. Cada vez era más difícil mantenerlo a flote y más atractiva la idea de venderlo e irse de Aberton.

–Tampoco está tan mal –dijo ella poniéndose la chaqueta–. Gracias por la comida, Beau. Ha sido...

–Un rotundo fracaso –concluyó él.

–¿Por qué?

A pesar de su reciente crisis emocional había disfrutado de la comida y de la compañía. No sabía por qué Beau lo consideraba un fracaso.

–No quieras saberlo, hazme caso –dijo él.

–Sí quiero saberlo –replicó ella–. Ya sé que me he portado como una tonta pero...

–Jaz, no has hecho nada malo, ¿vale? –explicó él tomándola de nuevo por los hombros–. De hecho, por más que lo intento, no encuentro nada malo en ti, nada que me disguste.

–¿Estás intentando encontrar motivos para que no te caiga bien? –preguntó ella enfadada.

–¡Sí! Intento encontrar algo que no me guste –explicó Beau–. ¿Hablas mientras duermes? ¿Roncas? No son cosas muy importantes pero bueno. Tiene que haber algo...

–¿Qué te parece mi complejo de inferioridad? ¡Es

grande como una casa! –dijo ella intentando contribuir.

Beau estalló en carcajadas.

–¡Jaz! ¡Se supone que no deberías ayudarme a encontrar fallos en ti!

–¡Lo siento! –exclamó sonriente.

–¿Ves? –dijo riendo de nuevo–. Hasta cuando soy desagradable contigo, en vez de enfadarte, vas y me haces reír. ¿Qué voy a hacer contigo?

Jaz tragó saliva, dándose cuenta de que la situación había cambiado de golpe. La tensión se podía cortar. El ambiente estaba muy cargado, ¡cargado de deseo! Las manos de Beau ya no agarraban sus hombros sino que acariciaban sus brazos.

–¿Qué quieres hacer conmigo? –dijo ella provocativa.

–Jaz. Si te digo lo que de verdad quiero hacer contigo... ¡Te quedarías aterrorizada!

–No...

–¡Sí! –insistió él–. Ése es mi problema contigo. Con cualquier otra mujer, se trataría sólo de satisfacer mi curiosidad y pasar a la siguiente.

–¿Y conmigo no? –consiguió decir ella con la boca completamente seca.

–No, contigo no –explicó él con un suspiro–. Jaz, tienes veinticinco años y yo cumpliré cuarenta dentro de dos meses...

–Lo que significa que ahora sólo tienes treinta y nueve –lo interrumpió ella con el corazón en un puño.

–Eso es obvio.

–No. Lo que quiero decir es que dentro de dos meses, yo tendré veintiséis.

–El diez de mayo –anunció él.

–¡Mi cumpleaños es el diez de mayo! –exclamó ella sin poder creerse que compartieran la misma fecha de cumpleaños.

—¡Esto es demasiado! —dijo Beau sacudiendo la cabeza.

—¿El qué?

—Todo esto —dijo Beau separándose de ella—. Me vine para aquí porque estaba harto de Londres. De su gente, de la vida que llevaba allí. Y a los poco días de mudarme, te conozco. Alguien ahí arriba —dijo señalando al techo—, ¡la ha tomado conmigo!

—En todo caso, será alguien ahí abajo —repuso ella señalando al suelo.

—A lo mejor —dijo él sonriente—. Pero tratándose de ti, lo dudo. Jaz...

—¡Beau! —exclamó ella acercándose a él

No sabía muy bien qué implicaciones iba a tener esa conversación, pero se había dado cuenta de que también Beau se sentía atraído por ella. Él la miró con cautela. Estaban muy próximos el uno del otro.

—¿Qué? —dijo intentando no parecer alterado por tenerla tan cerca.

—Tú también me gustas —dijo ella sonriendo tímidamente.

Beau gimió y cerró los ojos unos segundos. Cuando los abrió, su mirada de plata la taladraba.

—Jaz, no puedes ir por ahí diciéndole a los hombres que te gustan...

—¿Por qué no?

—¡Porque las cosas no se hacen así! —replicó impaciente.

—Pero acabo de decirte que me gustas.

—Ya lo sé —dijo él—. Pero yo... Tú... Jaz, eres un bebé comparado conmigo. Yo he estado casado. Y no he sido ningún santo, ni antes ni después de mi matrimonio. En cambio tú... —se paró sin saber cómo seguir.

—En cambio yo... —lo animó ella.

—Tú acabas de salir de fábrica, Jaz. Eres joven e

inexperta, vital y llena de sueños que aún no se han realizado...

–No parece que tú hayas cumplido tus sueños, tampoco –lo interrumpió ella.

Apenas podía hablar. La tensión del momento había provocado que su corazón galopara en su pecho sin ningún control.

–Quizás porque mis sueños no eran los mismos que los tuyos –explicó el sonriéndola dulcemente.

–Yo creo que sí teníamos los mismos sueños. Lo que pasa es que los tuyos se han deteriorado con el tiempo.

–¿Ves? –dijo él– ¡No puedo razonar contigo!

–Porque sabes que tengo razón.

–¿Desde cuando te has vuelto tan sensata, Jaz Logan? –dijo él sonriente.

–La edad de una persona no tiene nada que ver con lo sensata o insensata que sea. El buen juicio depende de la vida que haya llevado –contestó ella muy despacio.

–Y la vida que te tocó vivir junto a tus padres y abuelos te ha convertido en una persona muy madura para tu edad –adivinó él.

–Sí.

No tenía tanta experiencia ni tanto mundo como él. Tampoco se parecía a la gente con la que Beau solía alternar. Pero tenía la misma facilidad que él para comprender a las personas.

–Jaz... –dijo él.

La tomó entre sus brazos y buscó posesivo su boca. Durante ese día y el anterior, la tensión había ido creciendo entre ambos hasta niveles desde donde ya no había posibilidad de retorno. La atracción entre ellos era tan patente que no podía negarse. Jaz abrió la boca para profundizar más en el beso. Sus dedos enredados en el pelo de Beau, sus brazos entrelazados...

Lo amaba. Lo amaba y estaba enamorada de él. Deseaba pasar el resto de su vida con él más que nada en el mundo. Y sabía que, aunque no pudiera ser, tenía que tenerlo entonces y entregarse completamente a él.

Jaz comenzó a desabrocharle la camisa. Su piel era firme y tremendamente apetecible, cubierta de fino vello. Acarició su pecho con las manos y luego con la boca. Tenía la carne de gallina. Él fue besando su torso, siguiendo con los labios el camino que trazaban sus manos, hacia abajo, jugando con su lengua. Sólo oía los roncos gemidos de Beau.

Jaz dejó que el instinto la guiara, sin pensar en nada. Sólo quería tocar a Beau y que él la correspondiera. Quería perderse en él...

De pronto se oyó un estrépito sobre sus cabezas, alguien soltó una blasfemia, se oyó algo resbalar por el tejado y un ruido sordo en el suelo del jardín, al lado de la ventana de la cocina.

Capítulo 14

QUÉ demonios...?! –gritó Beau aturdido.

Jaz estaba igualmente sorprendida. Al momento, ambos se dieron cuenta del origen del ruido.

–¡Dennis! –gritó Jaz preocupada.

–¡Davis! –exclamó él fuera de sí.

Salieron de la cocina de forma apresurada y corrieron al jardín para mirar al tejado. Dennis Davis estaba de pie encima de la techumbre. Desde allí, los miraba avergonzado.

–Lo siento mucho, se me ha caído una teja.

Jaz se percató de que había trozos de la teja rota en la tierra. Estaba diciendo la verdad. No entendía cómo Dennis podía ser tan descuidado y poco profesional. Cualquiera podía haber estado en el jardín en ese momento y sufrir graves daños por su culpa. Aunque al menos había sido una teja y no el propio Dennis el que había caído.

Beau se tranquilizó al ver que Dennis estaba bien, pero su falta de profesionalidad al dejar que algo así sucediera era la gota que iba a colmar el vaso de su paciencia.

–¡Baja de mi tejado, ahora mismo! –le gritó.

–Pero... –dijo Dennis aturdido.

–¡Ahora mismo!

–Sólo ha sido un accidente, Beau –intentó calmarlo Jaz.

–Un accidente que no debería haber pasado –respondió sin dejar de mirar al tejado.

Dennis bajó del tejado como pudo.

–Y ahora, fuera de mi propiedad –le dijo Beau.

–Pero tengo el trabajo a medias. No he terminado –explicó Dennis confundido.

–No has empezado, querrás decir –corrigió Beau–. Recoge todas tus cosas y vete. ¡Y no vuelvas por aquí!

–Sólo ha sido un pequeño accidente –se defendió el hombre mirando a Jaz.

–Un accidente que te va a costar muy caro –replicó Beau.

Jaz pensaba que Beau estaba siendo demasiado duro con Dennis. Aunque no era un hombre conocido por ser hábil ni profesional.

–¿Es que os interrumpido? –preguntó Dennis inocentemente mirando a Beau.

–¡Fuera de aquí! –repitió Beau intentado controlar su creciente enfado.

Dennis miró a Beau, después a Jaz, se dio la vuelta y se fue.

Jaz miró también a Beau y se dio cuenta de la razón del último comentario de Dennis. La camisa de Beau estaba todavía desabotonada, dejando a la vista su piel desnuda, la misma que había estado acariciando y besando sólo unos minutos antes.

Se le encendió el rostro al darse cuenta de que acababan de proporcionarle a Dennis una perla inigualable de información. En cuestión de horas, la mitad de Aberton tendría una versión exagerada de lo que acababa de pasar. Dennis, resentido por haber sido echado del trabajo, se encargaría de embellecer con todo tipo de detalles escabrosos la historia.

–¿Qué pasa? –preguntó él.

–No sé si habrá sido una buena idea echarlo de esa manera.

–Ese hombre es un incompetente. ¿Y si hubieras estado trabajando en el jardín donde la teja cayó? ¡Te podía haber matado!

–O a ti –añadió ella.

La mera idea de que algo le pudiera pasar a Beau, le revolvía algo dentro.

–Jaz... –dijo Beau acercándose a ella.

–¡Hola! –saludó alguien desde el otro lado del jardín.

Jaz reconoció la voz como la de Madelaine al instante.

–¡Beau, la camisa! –pudo advertirle Jaz sin que se diera cuenta su amiga.

Se colocó delante de él para que pudiera abrocharse los botones antes de que lo viera Madelaine.

La mujer estaba tan elegante como de costumbre. Llevaba una blusa blanca de seda y un exquisito traje granate.

–Acabo de cruzarme con Dennis Davis en la entrada, parecía muy malhumorado –dijo después de besarlos a los dos.

–Acabo de despedirlo por incompetente –explicó Beau.

–¡Oh, no! Ya te dije que es un vago incurable –replicó Madelaine.

–¿Vago? A mí me parece que idiota es un adjetivo que lo define mejor –dijo él.

La mujer se quedó parada, miró a Jaz esperando una explicación, pero Jaz no supo qué decirle. Era verdad que Dennis era poco eficiente, entre otras cosas, pero Beau no podía decir que no se lo hubieran advertido. Ella misma estaba aún algo conmocionada por cómo Beau había despedido al hombre.

–Pero bueno. Ese hombre no va a hacer que pierda mis buenos modales –dijo Beau impaciente–. Pasa a dentro, Madelaine y tómate un café con nosotros.

–Encantada –aceptó ella–. Acabo de dejar al último de mis invitados en la estación y, al ver la furgoneta de Jaz aparcada afuera, se me ocurrió pasar a saludaros.

Los tres se dirigieron a la cocina. Jaz se sintió rara al oír a Beau decir nosotros, como si fueran una pareja y anfitriones de Madelaine esa tarde.

–Ha sido una suerte que no llegaras cinco minutos antes. Podía haberte caído una teja en la cabeza –explicó Beau mientras llenaba la cafetera.

–¿Es eso lo que ha hecho Dennis? –preguntó Madelaine, mirando alrededor añadió–: Oye, no os he interrumpido en medio del almuerzo, ¿verdad?

–No, no te preocupes –respondió Jaz con firmeza mientras despejaba la mesa de la cocina–. La verdad es que estaba a punto de irme...

Beau la miró con el ceño fruncido. Jaz no sabía si es que no quería que se fuera o lo que temía era quedarse a solas con la otra mujer. De uno u otro modo se apiadó de él.

–Pero me apetece tomar el café. Además, iba a llamarte esta tarde, Madelaine. Quería agradecerte la cena de ayer. Fue una velada de lo más agradable –añadió.

–Fue muy divertido, ¿verdad? –dijo Madelaine con una sonrisa.

Para Jaz no había sido precisamente divertido, pero no podía culpar a su amiga de cómo lo había pasado.

–Sí, muchas gracias –agregó también Beau sirviendo el café–. Tendremos que devolverte la invitación. Jaz, sabes cocinar, ¿no? –preguntó mirándola con ojos burlones.

«¿Qué demonios está haciendo?», pensó ella irritada. Beau seguía usando el plural, hablando de ellos dos como si fueran una pareja. A nadie le importaba en absoluto si ella podía cocinar o no. Desde que se fuera su madre había tenido que hacer la comida durante años para su padre y para ella. Pero cuando su progenitor murió, se acostumbró a comer cualquier cosa, cuanto más sencillo de preparar, mejor.

–Seguro que lo haces mejor que yo. Lo mío son los precocinados: abres la caja, lo metes en el horno y ¡ya está! ¡Listo para comer! –siguió Beau.

–Creo que te subestimas, Beau –dijo Madelaine riendo.

–En absoluto. Pero si podemos convencer a Jaz para que cocine, ¿te gustaría venir a cenar el sábado por la noche? –sugirió él.

Jaz no podía creerse que no le preguntara a ella. Al fin y al cabo, estaba sugiriendo que cocinara para todos. Suponía que Beau no invitaría a nadie más, pero si la cena tenía lugar, todo el pueblo acabaría enterándose, algo que Jaz quería evitar por todos los medios.

–Me encantará venir –aceptó Madelaine encantada–. ¿Jaz?

Tanto Madelaine como Beau estaban divirtiéndose con la situación. Sabían que algo preocupaba a Jaz, pero no hasta qué punto. Ninguno de los dos sabía nada sobre las cartas anónimas.

–Me parece bien –contestó finalmente.

Pensó que en cuanto pudiera hablar con Beau intentaría convencerlo para que anulara la cena.

Los tres siguieron conversaron animadamente durante un tiempo hasta que Madelaine miró el reloj y vio lo tarde que era.

–Tengo cita en la peluquería –explicó levantándose–. Os veo entonces el sábado, ¿no?

–Sí, tenemos muchas ganas –dijo Beau.

–Tú tendrás muchas ganas pero yo no –le dijo Jaz en cuanto salió Madelaine–. ¿Por qué la has invitado a cenar con nosotros? ¿Qué pretendes?

–Tranquilízate –dijo mientras recogía las tazas usadas–. Pensé que te hacía un favor al organizar la cena aquí.

–¡Hacerme un favor! –repitió ella incrédula.

–Sí, Jaz. Tienes que reconocer que esta casa es mayor que la tuya y mejor para reuniones sociales –explicó Beau.

–Sí, en el caso de que estuviera interesada en organizar reuniones y cenas. ¡Y no lo estoy!

–Bueno, me pareció que los dos le debíamos una cena a Madelaine.

Reconoció que en eso tenía razón. Y probablemente, en el caso de Jaz, era mucho más que una cena. Habían sido innumerables las cenas y meriendas a las que había asistido en casa de su amiga. Lo que le desagradaba en extremo era tener que organizar la cena conjuntamente con él.

–¿Qué problema hay, Jaz? Estoy seguro de que entre los dos podemos preparar algo medianamente comestible.

–Ése no es el problema –dijo impaciente.

–¿Cuál es el problema, entonces? –preguntó mirándola.

La verdad era que estaba enamorada de ese hombre y le dolía tener que ir a su casa el sábado y preparar una cena con él como si realmente fueran una pareja.

–No creo que sea una buena idea, eso es todo –contestó malhumorada.

–A Madelaine no le pareció tan extraña la idea.

Que no le hubiera parecido raro no le daba a Jaz

sino más argumentos para pensar que la gente estaba empezando a verlos como una pareja. Una pareja de lo más desigual. Iba a ser muy difícil para ella cuando Beau acabara cansándose de su compañía.

–Creo que me lo deberías haber preguntado antes de invitarla.

–No he tenido la oportunidad, con ella delante todo el tiempo.

–¡Aun así! –protestó ella.

–Aun así, ¿qué? –dijo él provocador, acercándose hasta estar sólo a unos centímetros de ella–. Parece que con quien no quieres cenar es conmigo. Cualquiera lo diría, después de lo que pasó antes de que Davis tirara la maldita teja.

Jaz se sonrojó avergonzada al recordar lo que había ocurrido en la cocina unas horas antes. Si Dennis no los hubiera interrumpido con su accidente, Madelaine se habría encontrado con una escena mucho más comprometida.

Beau acarició su cara y sus labios.

–La próxima vez que queramos hacer el amor, Jaz, me gustaría que fuera en una cama. Más cómodo y más íntimo –susurró él.

«¿La próxima vez? ¿Va a ver una próxima vez?», pensó Jaz. Por la sensual mirada de Beau podía suponer que así sería, pero Jaz no podía quitarse de la cabeza el dolor que sentiría después si él acababa yéndose del pueblo.

–No creo que sea una buena idea –dijo seria, apartándose de él.

Se le salía el corazón del pecho. Jaz estaba completamente enamorada de él y nada ansiaba más que hacer el amor con él, pero aún no sabía qué sentía él. Sólo que se sentía atraído por ella pero que hubiera deseado que no fuera así. ¡No se trataba de la mejor base para cimentar ningún tipo de relación!

—¿No? –preguntó él.

—No –contestó decidida–. Pero tienes razón en cuanto a lo de que le debemos una cena a Madelaine. Y esta casa es más grande que la mía. Lo que pasa es que...

—Te resulta incómodo ser la anfitriona en esta casa –la interrumpió él–. Me lo tenía que haber imaginado, lo siento. Éste es el último sitio donde te gustaría hacer de anfitriona. Llamaré a Madelaine para decirle que ha habido un cambio de lugar.

Pero Jaz sabía que su invitada estaría más cómoda en la casa de Beau.

—No, deja las cosas como están –dijo rindiéndose–. Tendré que hacerme a la idea, eso es todo. Bueno, me tengo que ir, tengo mucho que hacer.

Jaz decidió que tenía que poner tierra de por medio. Si no se mantenía alejada de Beau no iba a poder reflexionar sobre lo que había pasado ni sobre sus propios sentimientos. Enamorarse de Beau era una complicación con la que no contaba...

—Si te sirve de consuelo –dijo él–, yo estoy tan desconcertado por todo esto como tú.

—No me sirve –respondió con una sonrisa triste.

Sabía que Beau tenía la capacidad y la determinación para dejar sus sentimientos aparte, incluso para olvidarse de ella, si fuera necesario. Pero ella no podría.

—Suponía que dirías eso, pero tenía que intentarlo.

Jaz miró al fregadero y vio que los platos y las tazas se amontonaban allí.

—¿Te ayudo a fregar? –ofreció.

—No, no te preocupes.

–Yo... Vale –dijo–. Gracias por la comida. Bueno, ya nos veremos.

–Te apuesto lo que quieras a que así será –dijo él.

Así sería. Eran como dos imanes. Se atraían y repelían al mismo tiempo. La cuestión era averiguar cuál de las dos fuerzas ganaría finalmente la batalla.

Capítulo 15

PERO, Jaz, ¿quién puede ser capaz de hacer algo así? –dijo Madelaine escandalizada.

Dos horas antes, cuando volvió a casa después de comer con Beau, se había encontrado otra carta esperándola bajo el felpudo. Eran tres las palabras escritas esta vez. La misma palabra, el mismo insulto pero con intensidad creciente:

Mentirosa, mentirosa, MENTIROSA.

No podía creérselo. ¡Dos cartas en un mismo día! Se le cayó el alma a los pies y no pudo hacer otra cosa durante un tiempo que sentarse en las escaleras con la carta en la mano. Estaba aturdida.

Lloró de rabia, lloró desconsolada, no podía controlar las lágrimas que se deslizaban calientes por sus mejillas. Las cartas se habían convertido en una pesadilla de la que no podía despertar.

Cuando las lágrimas cesaron sintió rabia. Sabía que era hora de agarrar la sartén por el mango. Era demasiado horrible y no podía seguir aguantando en silencio. Tenía que hablar con alguien. Madelaine, la única aliada que había tenido en el pueblo durante los últimos años, había sido la elegida. Esperó hasta que calculó que la otra mujer habría vuelto ya del salón de belleza y condujo hasta su casa.

–¿Y dices que ha habido otras? –preguntó con el ceño fruncido, sujetando la última carta en la mano.

–Sí –confirmó Jaz–. Al principio pensé que se trataba de una broma pesada...

–¿Una broma? ¡Nadie puede encontrar esto gracioso! –exclamó extremadamente disgustada– ¿Qué has hecho con las otras cartas?

–Tirarlas a la basura.

–Mal hecho, Jaz. Ahora sólo es tu palabra contra la de quien sea.

–¿Pero quién va a pensar que me inventaría algo así? –preguntó Jaz con los ojos como platos.

–Ya, es verdad. ¿Se lo has dicho a Beau?

–Desde luego que no.

–Ya me lo imaginaba.

–Y no quiero que lo sepa –aclaró Jaz.

–¿Por qué no? No lo entiendo.

–Porque... Porque le iba a parecer fatal. Ya me ha dicho que la vida en el campo no es lo que esperaba, que está decepcionado. Si le cuento lo de las cartas anónimas le faltará tiempo para hacer las maletas e irse. No volveremos a verle el pelo –dijo con impaciencia.

–Creo que lo subestimas, Jaz. Estoy segura de que se haría cargo de todo... Que intentaría controlar la situación y enfrentarse al autor de esas cartas –repuso su amiga, intentando tranquilizarla.

Sabía que Madelaine tenía parte de razón. Pero, aun así, no quería decírselo a él. Su amistad con Beau había sido la causa de que esas cartas comenzaran a llegar. Temía que Beau decidiera que la mejor solución para que dejaran de mandarlas fuera que dejaran de ser amigos.

–Jaz, ¿eres consciente de que deberías hablar con la policía...?

–No, ¡ni hablar! –exclamó levantándose del asiento y arrugando la carta que Madelaine tenía en sus manos–. Sólo te lo he contado a ti porque necesitaba decírselo a alguien. Prométeme que no se lo dirás a nadie.

–Pero, Jaz...

–¡Por favor, Madelaine!

–De acuerdo, lo prometo –concedió la otra mujer con un suspiro–. Pero sólo si tú me prometes que vas a pensar seriamente en la posibilidad de contárselo todo a la policía. Jaz, esto es horrible y cabe la posibilidad de que vaya a más y en el futuro no sean sólo cartas.

–¿Qué quieres decir? –preguntó Jaz, pálida como el papel.

–Piénsalo, Jaz. Las cartas son cada vez más agresivas, están creciendo en intensidad. Puede que la próxima vez quieran hacer daño a tu propiedad o... a ti.

–No, no... No creo –dijo Jaz–. ¿De verdad piensas que podría llegar a pasar?

–¿Tú no?

Hasta ese instante a Jaz no se le había pasado por la imaginación que las cosas pudieran llegar a ese extremo. Era verdad que las cartas estaban siendo cada vez más crueles y frecuentes. Pero de ahí a pasar a violencia física...

–No –dijo con seguridad–. Creo que se trata de alguien que está siendo cruel conmigo por la manera en que mi madre se comportó. Es horrible y me está causando mucho dolor pero no creo que pase de ahí. Además, Beau ya no es un hombre casado, ¿qué problema tiene el que escribe las cartas con que sea amiga de él? No lo entiendo.

–Sí. Pero sois más que amigos, ¿no? ¿No crees que esto está pasando porque sois pareja?

–No somos pareja –contestó ella rápidamente.

–No, claro que no –dijo Madelaine sonriendo con los ojos–. Oye, ¿has pensado en que pudiera tratarse de

Dennis Davis? O quizás sea esa horripilante hermana suya con la que vive. A lo mejor están enfadados porque Beau lo ha despedido. Además Margaret Davis tiene pinta de ser una solterona frustrada.

—No creo. A mí tampoco me gusta pero, para empezar, dudo mucho que sepa cómo usar un ordenador —dijo sacudiendo la cabeza.

—Sí sabe. Es ella la que escribe las facturas para su hermano. Mira —dijo Madelaine dirigiéndose hacia su escritorio—. Ésta es una de las facturas. Dennis Davis, contratista.

El papel usado para imprimir la factura era similar, ¡idéntico!, al usado para las cartas. Y, obviamente, habían utilizado un ordenador para editarla.

—Pero esto no prueba nada. Hoy en día todo el mundo tiene un ordenador en casa o acceso a uno —dijo Jaz.

—Creo que deberías ir a la policía —insistió Madelaine.

—¡No! Las cartas son muy desagradables, pero no amenazadoras ni nada parecido —dijo Jaz con firmeza.

—Pero...

—Que no Madelaine. Ya te lo he contado que es lo que necesitaba. Ahora, vamos a dejarlo como está, ¿de acuerdo? —dijo tan amablemente como la tensión la dejaba.

Estaba empezando a arrepentirse de habérselo contado a Madelaine. Quizás hubiera sido mejor mantener las cartas como un secreto que sólo ella, y quien las enviaba, conocían. No podía dejar de pensar en esa persona, aún sin rostro, que estaba haciéndola tanto daño de manera deliberada. Cuando supiera de quién se trataba, ¡la iba a oír!

—Olvidemos esto, por favor —pidió Jaz.

—Nosotros podemos intentar olvidarlo, pero ¿y la

persona que las escribe? –preguntó Madelaine con cara de gran preocupación.

–Despierta, Jaz. Es hora de que tú y yo hablemos.

Jaz reconoció la voz. ¿Cómo no hacerlo cuando era la voz del hombre que amaba? Luchó contra el sueño para conseguir despertarse, sin entender aún qué pasaba ni dónde se encontraba. Poco a poco se fue despertando y vio que se había dormido en el sillón de su saloncito, sentía el calor y la luz del fuego, aún encendido, en la chimenea.

–Jaz –repitió él mientras meneaba su brazo para ayudarla a despertar–. Sé que estás despierta y no me voy a ir de aquí hasta que hablemos. Así que deja de fingir que aún estás dormida.

No tenía ni idea de cómo lo hacía. No se había movido para nada y, aun así, Beau se había dado cuenta de que ya no dormía, de que era muy consciente de su presencia en el pequeño salón. No sabía cómo había logrado entrar en la casa pero iba a averiguarlo. Además, pensó que atacarlo sería la mejor manera de defenderse de sus preguntas.

–¿Quién te crees que eres para entrar en mi casa sin más? Pensé que tenía derecho a la propiedad privada y a la intimidad, pero ya veo que no –dijo con dureza.

–Muy buena actuación, Jaz –dijo sonriente–. Indignación y enfado. Lo siento, pero no va a funcionar conmigo.

Parecía que Beau no iba a disculparse por invadir su casa. Estaba tan arrogante y seguro de sí como siempre.

–La puerta de atrás no estaba cerrada con llave –explicó.

–Así que decidiste pasar sin llamar, ¿no? –lo acusó

ella mientras se sentaba derecha intentando restablecer su dignidad.

–Estuve llamando a la puerta, pero como no contestabas...

–¡Decidiste entrar!

–Eso es. Y ahora, Jaz, explícame qué es esto –dijo Beau con seriedad.

Jaz sintió cómo la sangre escapaba de su rostro. Él sujetaba en la mano una arrugada hoja de papel. Era sin duda la carta. Habría caído al suelo mientras daba vueltas por el salón cuando volvió enfadada de casa de Madelaine esa misma noche.

–¿Y bien? –insistió.

–Es un papel viejo –dijo encogiéndose de hombros–. No soy muy buena ama de casa ni muy ordenada.

Se levantó e intentó recuperar la carta sin suerte.

–Dámela, sólo quiero tirarla al fuego –explicó ella.

–¿Qué significa, Jaz?

–¿Que qué que significa? No tengo ni idea, de hecho ni siquiera recuerdo qué pone –dijo inocentemente.

–Jaz... –insistió Beau apretando los dientes–. No sé si te das cuenta, pero estoy intentando permanecer tranquilo y ser razonable. ¡No voy a conseguir seguir así si me tratas como a un idiota!

–¿Has hablado con Madelaine? –preguntó ella, intentando encontrar sentido a las sospechas de Beau.

–No desde que tomamos un café con ella. ¿Por qué? ¿Debería haberlo hecho? –preguntó extrañado.

–No, claro que no. Es que... –dijo ella dándose cuenta de que se estaba metiendo en un lío.

–Jaz, no voy a salir de tu casa hasta que me digas qué es lo que pasa –la interrumpió–. ¿Por qué debería Madelaine haber hablado conmigo?

–No, ella no tenía que decirte nada. De hecho, la pedí que no lo hiciera... –comenzó Jaz–. Verás, es que durante las dos últimas semanas, alguien me ha mandado un par de cartas muy tontas...

–¿Cuántas? ¿Una? ¿Dos? ¿Más de dos? –inquirió él más que enfadado.

–Cuatro. Cuatro incluyendo ésa –dijo ella defendiéndose de su ataque–. Pero seguro que sólo es algún chaval intentando gastarme una broma...

–¿Qué decían las otras cartas? –siguió preguntando, sin escuchar las explicaciones de ella.

–Nada especial. Las típicas tonterías que se pone en las cartas anónimas. Ya sabes –explicó ella–. ¡Cosas que sólo tienen sentido para el que las escribe!

–Nunca he recibido ninguna así que no lo sé.

–Pues eso es lo que son, tonterías sin importancia –dijo Jaz con impaciencia–. Cosas sin sentido.

–El otro día, cuando recogiste un sobre de debajo del felpudo y me dijiste que seguramente sería alguien pagando una factura... ¿Se trataba en realidad de otra carta anónima? –preguntó Beau.

–Sí –confirmó ella con una suspiro.

A ese hombre no se le pasaba nada por alto. Lo recordaba todo, para desgracia de Jaz.

–Y sabías que lo era, ¿verdad?

–Sí –asintió ella, cansada de insultar su inteligencia.

–¿Por qué te acusa esa persona de ser una mentirosa? –preguntó tras mirar de nuevo al papel que agarraba en sus manos.

–No lo sé.

Llevaba toda la tarde haciéndose la misma pregunta mientras daba vueltas por la habitación. Se trataba de una acusación que implicaba que ella había hecho algo que aseguraba que no iba a hacer. Parecía significar que había hablado con la persona que le escribía las cartas. Sólo pensar en ello la ponía enferma.

–Ya te lo dije. Nada tiene sentido. Son tonterías –insistió ella.

–¿Cómo quieres que lo sepa si aún no me has dicho lo que las otras cartas decían? –preguntó él–. Enséñamelas.

–No las tengo. Las tiré o rompí todas. Sí, ya lo sé. No debería haberlo hecho. ¡Ya me lo ha dicho Madelaine! –replicó impaciente.

–¿Se lo has contado a Madelaine? –preguntó Beau.

–Sí, se lo conté todo esta tarde –dijo ella impaciente, levantándose del sillón.

–Bueno, parece que has hecho algo inteligente, ¡por fin!

–Gracias –contestó enfadada.

–¿Por qué no has hablado antes de estas cartas con alguien? ¿Por qué has dejado que pasara el tiempo? ¿Es que pensabas que iban a dejar de mandarlas? ¿Que todo terminaría de repente, igual que había empezado?

–¡Sí! ¡Eso es lo que esperaba! –exclamó dirigiéndose hacia la chimenea.

–Bueno, normalmente no ocurre así...

–Dijiste que no tenías experiencia con cosas así –lo acusó.

–Y no la tengo. No personalmente –explicó–. Pero una vez hice un documental sobre el tema y hablé con personas que habían pasado por esto. Llegué a la conclusión de que las personas que escriben cartas anónimas disfrutan viendo a sus víctimas desmoronarse y sufrir.

–Entonces supongo que no les he decepcionado, ¿verdad? –dijo Jaz palideciendo.

–Depende de cómo tú veas las cosas. Es obvio que las has recibido, pero no has tenido ningún tipo de reacción pública ante ellas. Al menos, no que yo sepa.

–¿Qué se supone que iba a hacer? ¿Salir a la calle y ponerme a llorar y gritar por mi desgracia?

–No, desde luego que no. Pero a la persona que escribe las cartas le habría gustado ver algún tipo de reacción por tu parte. Quiere verte sufrir –dijo con una mueca de profundo desagrado.

–¿Eso crees?

–¿Tú no?

No se le había ocurrido antes. Estaba tan abrumada por las cartas que no había pensado en lo que el que las enviaba estaba esperando de ella. Seguramente Beau estuviera en lo cierto. Quizás por eso las cartas estaban siendo más frecuentes e intensas. Pensó por un momento que si reaccionaba públicamente a ellas el remitente dejaría de mandarlas. Pero rápidamente se quitó la idea de la cabeza. Esa persona la había hecho sufrir demasiado como para que ahora ella le diese algún tipo de satisfacción.

–Puede que tengas razón, pero no lo voy a hacer.

–Bien hecho –dijo él sonriendo–. Pero, ¿crees que las cartas van a parar?

–Seguramente no.

Jaz no creía que parase a no ser que dejara de ver a Beau o éste se fuera de Aberton

–¿Tienes idea de qué causó que las comenzara a enviar? –preguntó él como si pudiese leer su pensamiento– ¿Cuándo te llegó la primera carta?

–¿Qué importancia...?

–¿Cuándo? –interrumpió él.

–El día que empecé a trabajar para ti. Ese día recibí la primera. ¡Ahora ya lo sabes!

–Gracias –concedió sarcástico–. Ahora lo recuerdo. Recuerdo que estabas pálida y bromeaste diciendo que es que acababas de recibir el recibo de la luz.

–Lo de la luz era verdad –dijo ella–, pero también

recibí la primera carta. Antes de que me preguntes, te diré que no, no llevaba sello ni timbre ni fecha. Alguien se tomó la molestia de traerla a casa en persona y dejarla con el resto de mi correo.

—Así que la persona que la trajo sabía que no estabas aquí.

—Es una suposición razonable.

—Así que fue el día que empezaste a trabajar para mí –repitió pensativo–. ¿Y qué decía esa carta?

Jaz suspiró y se sentó de nuevo. Supo que Beau no se iría de allí hasta que tuviera todas las respuestas.

—«De tal palo, tal astilla».

—¿Qué quiere decir?

—Que soy como mi madre, claro.

—¿En qué sentido?

—¿Tú qué crees? –replicó ella molesta.

—No tengo ni idea. Ya sé que tu madre os abandonó a ti y a tu padre cuando tenías diecisiete años. No es la primera mujer en la historia que hace algo así. Tú no eras un bebé ni mucho menos...

—¡Se fue con el marido de otra mujer! –exclamó ella impaciente.

—¡Ah! No me lo habías dicho.

—¿Por qué iba a hacerlo? –preguntó ella a la defensiva.

—No tenías por qué –dijo él–. Tampoco es la primera mujer que se larga con un hombre casado.

—Era la primera que lo hacía en Aberton –repuso Jaz.

El escándalo había sido tan grande que había durado años y años. Y aún persistía, a pesar de que tanto su madre como su amante habían fallecido ya.

—Eso me lo creo –dijo con una sonrisa triste–. Así que quien envía estas cartas piensa que te has vuelto como tu madre.

—Eso es lo que parece —asintió sin poder mirarlo a los ojos.

—Porque no sólo trabajas para mí sino que además hemos comido juntos un par de veces, ¿verdad? —dijo él muy despacio.

—Eso es.

—Pero yo no estoy casado —añadió Beau.

—Ya lo sé —dijo ella dolorosamente—. Pero parece que eso no cambia las cosas.

—No. Pero, aunque estuviera casado, ¿a quién le puede importar tanto como para hacer esto?

—¡No lo sé! —dijo Jaz casi gritando de frustración.

—Siento tener que hacerte estas preguntas, Jaz —explicó él—. Pero si queremos saber quién está haciendo esto tenemos que entender cómo piensa esa persona, de dónde viene. ¿Te había ocurrido esto antes? Cuando has estado liada con alguna otra persona...

—¡Nunca he estado liada con nadie! —replicó ofendida— Y, como bien sabes, tampoco estoy liada contigo.

—Bueno, sea quien sea la persona que escribe las cartas, parece que no está de acuerdo contigo —siguió él—. Es interesante...

—No creo que sea interesante en absoluto —repuso Jaz—. Es exasperante, doloroso, inquietante... ¡Pero no interesante!

—Eso es porque no miras las cosas desde mi punto de vista... —dijo mirándola con comprensión.

—Beau, ¿por qué no nos olvidamos de esto por el momento? Para empezar, por qué no me cuentas qué es lo que te ha traído aquí esta noche.

Beau se puso de pie, tenía el ceño fruncido y la expresión seria y contraída. Se acercó a mirar el fuego en la chimenea. La cicatriz destacaba de forma notoria a la luz de las llamas.

–¿Beau? –insistió ella al no tener respuesta.

Él aspiró y se giró hacia ella. La miró durante intensos segundos y metió las manos en los bolsillos.

–Vine aquí esta noche para decirte que tengo la intención de irme de Aberton este sábado –dijo con firmeza.

Jaz abrió los ojos, aturdida como si acabaran de golpearla. Se puso lívida y rezó para que Beau no esperara una respuesta de ella a esa frase porque no podía articular palabra. Sus peores pesadillas se habían hecho realidad y todo iba a terminar mucho antes de lo que temía.

–¿Jaz?

–Y... Y, ¿qué pasa con la casa? –preguntó ella cuando recobró la palabra.

–¿Qué pasa con ella? ¿Podrías tú vivir en esa casa? –replicó.

–¿Yo? No, pero...

–Pues yo tampoco. Supongo que la venderé. Pero no sé cuándo ni tampoco me importa. Eso no es lo que me preocupa ahora mismo...

Ella no entendía nada.

–Jaz. Cuando me vaya el sábado –dijo él–, quiero que vengas conmigo.

Si antes se había quedado muda, las últimas palabras de Beau casi la dejan inconsciente.

Capítulo 16

¿POR QUÉ? –preguntó ella con voz profunda.

Jaz había estado mirando a Beau durante minutos que parecían horas. Intentando comprender lo que acababa de decirle, intentando encontrar sentido a sus palabras. La conversación había comenzado con ellos hablando sobre las cartas anónimas y, de pronto, se había transformado en Beau pidiéndole que se fuera de Aberton con él ese mismo sábado. Lo que no sabía era por qué quería que se fuera con él.

–¿No es obvio? –dijo él con impaciencia.

–No, no para mí –repuso ella sacudiendo la cabeza.

–¿Es así como sueles contestar a la gente que te pide que te cases con ella?

No podía creerse lo que estaba oyendo. ¡Beau estaba pidiéndole que se casara con él! Lo miró y vio la determinación en los ojos de él. Algo, sin embargo, la impedía ponerse a saltar y gritar «¡Sí, sí!» Eran sus ojos. No era la mirada de un hombre enamorado pidiéndole a la mujer que amaba que se casara con él.

–No sé –dijo ella en voz baja–. Nadie me ha pedido nunca que me case con él. ¿Por qué me lo pides tú?

–Jaz, piénsalo. Es obvio que no te las arreglas tú sola en este pueblo...

–¿Qué? –gritó irritada– ¿Cómo te atreves a venir a mi casa a compadecerte de mí? ¿Cómo te atreves a insultarme diciéndome que quieres casarte conmigo?

¿Se supone que tengo que estar agradecida de que me lo hayas propuesto?

Beau se quedó parado.

–No era consciente de que te estuviera insultando –espetó con frialdad–. Es obvio que te estás ahogando aquí. Yo me voy y pensé que te gustaría tener la oportunidad de irte tú también. Pensé que casándote conmigo las cosas te resultarían más fáciles. Pero veo que me equivoqué...

–¡Por supuesto! Ya te lo dije el otro día, no soy una de tus obras de caridad. No necesito tu ayuda... –dijo con la emoción entrecortando sus palabras–. Y no necesito tu compasión.

Nunca se había sentido tan dolida. Acababan de ofrecerle el paraíso sólo para darse cuenta, segundos después, de que sólo era compasión.

–Así no es como veo yo las cosas.

–Por favor, ¡vete! –consiguió decir–. ¡Sal de aquí!

Beau se dirigió a la puerta y se volvió hacia ella.

–Me marcho el sábado por la tarde. Si cambias de opinión...

–No lo haré –aseguró ella, intentando levantar la cabeza para mirarlo a los ojos–. Haré las gestiones para que el adelanto que me diste sea devuelto a tu cuenta antes del sábado.

Seguramente eso significaría que su propia cuenta quedaría en número rojos. Pero prefería morirse de hambre durante un mes que estar en deuda con ese hombre.

–No te preocupes. No lo voy a echar de menos –dijo él con dureza.

–Yo tampoco –replicó ella.

–Como quieras –se resignó escéptico–. Ya no me importa.

Y salió de la casa.

Jaz sabía que era el hecho de que a él no le importaba nada lo que había hecho que, junto con la compasión, rechazara su oferta matrimonial. Pero a ella le importaba demasiado y, en cuanto Beau salió de su casa, se derrumbó en el sillón y lloró amargamente.

–¡Jaz! ¡Qué alegría verte! –la saludó Madelaine cariñosa–. Como ves, Beau también ha venido a tomar el té conmigo.

Jaz se quedó parada al ver a Beau sentado en uno de los sillones del salón de su amiga. No sabía qué hacer. No se le había ocurrido la posibilidad de que fuera a haber alguien más merendando con Madelaine y con ella. Su presencia allí hacía que todo resultara más complicado.

–Jaz –saludó él con cautela mientras se levantaba, sin dejar entrever si estaba igualmente sorprendido o no.

Ella reconoció que estaba guapísimo con unos elegantes pantalones negros, una camisa azul clara y un jersey de cachemir en azul oscuro.

–Beau –respondió ella.

–Pero siéntate, querida –invitó Madelaine mientras le señalaba un hueco vacío en el sofá al lado de ella.

Jaz titubeó, se sentía muy incómoda con la situación. No había vuelto a ver a Beau desde la fallida propuesta matrimonial. Se seguía sintiendo igual de firme sobre su negativa a aceptarla pero, si él continuaba con los planes previstos, se iría de Aberton el día siguiente. Jaz no quería ni pensar en la posibilidad de no volverlo a ver nunca más.

–Siéntate Jaz, por favor –insistió él también–. Aunque sólo sea para que yo pueda hacer lo mismo.

Jaz le lanzó una mirada fulminante, llena de resentimiento, y se sentó en el sofá, al lado de la anfitriona.

Madelaine rió con ganas.

—Os habéis peleado, ¿verdad? –preguntó divertida–. Todo el pueblo habla de ello.

—Entonces todo el pueblo debería preocuparse de sus propios asuntos –espetó él enfadado.

—Pero los asuntos de los demás son mucho más interesantes –apuntó Madelaine.

—¿Eso crees? –preguntó Beau–. Yo creo que todos son un montón de aburridos.

—¿Es ésa la razón por la que te vas? –preguntó Jaz intentando provocarlo.

—¿Te vas? –repitió Madelaine mirando a Beau extrañada–. Pero... ¡No tenía ni idea!

—No, no es una noticia que sea del dominio público aún –explicó él, lanzándole una mirada envenenada a Jaz.

—Bueno, Jaz sí que lo sabía –dijo Madelaine.

—Sí... Es verdad –arguyó él–. Pero es que ella tenía que saberlo.

—¿Por qué? –preguntó Madelaine extrañada.

—Porque se viene conmigo –explicó él encogiéndose de hombros.

Jaz le lanzó otra mirada asesina. No sabía qué es lo que estaba intentando conseguir. Beau sabía que no se iba a ir con él. Ni al día siguiente ni nunca.

—¿Qué? –exclamó Madelaine mirando a Jaz de forma acusatoria–. ¿Cómo lo has mantenido en secreto? No me has dicho ni una palabra, ¡nada! ¿Cómo has podido hacerlo, Jaz? ¿Cómo has podido?

—¿Cómo ha podido hacer el qué? –respondió Beau en vez de Jaz.

Jaz pidió a Beau con un gesto que se callara, que no hiciera las cosas más difíciles aún.

—Beau, por favor... –dijo Jaz.

—¿Madelaine? –insistió Beau, concentrado en esa mujer.

La preciosa cara de Madelaine estaba fuera de sí, sus manos tensas y apretadas en puños.

–¡Eres como tu madre, Jaz! –gritó Madelaine mordazmente–. No sólo te pareces a ella sino que...

–¡No lo soy! –replicó Jaz atónita.

–Sí, sí que lo eres –repitió Madelaine mirándola con mal disimulado desprecio–. Ella también poseía tu misma belleza salvaje. Indomable. Como la de las gitanas –añadió con desdén–. Charles me contó que compararme con ella era como comparar el hielo con el fuego.

Jaz miró incrédula a la otra mujer. Sentía repugnancia, tristeza y lástima.

Repugnancia porque, después de hablar con Beau el otro día, ella misma había llegado a la conclusión de que la única persona que, por eliminación, podía odiarla lo suficiente como para mandarle las cartas era Madelaine. La esposa despechada cuando Charles, su marido, se largó con Janie, la madre de Jaz.

Tristeza porque había estado engañada mucho tiempo, pensando que Madelaine era su amiga, que la apreciaba.

Y lástima por una mujer que había guardado su dolor y resentimiento durante años. Unos sentimientos que habían acabado con ella.

Jaz miró incrédula a Beau, cuya cara reflejaba las mismas emociones que ella estaba viviendo. Se dio cuenta de que la conversación no había sido inocente en absoluto, sino que Beau la había provocado. Había conseguido adivinar la procedencia de las cartas y desenmascarar al culpable antes de marcharse.

Lo más increíble era que Jaz había acudido a casa de Madelaine con la misma intención.

Beau se puso de pie, colocándose entre ambas mujeres.

–¿Por qué lo hiciste, Madelaine? ¿Qué daño te ha hecho Jaz?

–¿Daño? –exclamó ella–. Su madre me robó el marido, se lo llevó de mi lado. Sé que Charles habría vuelto conmigo después de darse cuenta de qué tipo de mujer era Janie Logan. Pero tuvieron el accidente de coche y murió, ¡con su madre! –concluyó mirando con odio a Jaz.

Jaz se estremeció al oír todo el veneno que salía de una mujer que hasta entonces había considerado su amiga. No tenía ni idea de que Madelaine se sintiera así sobre lo que había ocurrido ocho años atrás.

Habían sido años muy duros para los que se quedaron atrás. Tanto para Jaz y su padre como para Madelaine. En cierto sentido, a Jaz le había parecido lógico que Madelaine y ella se unieran en el dolor y llegaran a ser amigas. Lo que no había sabido Jaz era que su cariño no era correspondido por su amiga.

Los sentimientos de odio que Madelaine había estado almacenando no los podía descargar ni en Charles ni en Janie, ambos muertos ya. Así que sólo quedaba la hija de Janie...

Jaz se sintió enferma al comprobar que sus sospechas habían sido confirmadas. Había albergado la esperanza de estar equivocada, incluso había rezado para que fuera así. Pero no había sido así.

Después de reflexionar sobre todas las personas del pueblo y sus posibles motivos para enviarle esas cartas había llegado a la conclusión de que tenía que ser Madelaine.

La clave había estado en la última carta, la que sugería que Jaz había mentido. De lo único que alguien podía acusarla de mentir era sobre sus sentimientos por Beau. Y había sido Madelaine la que la había preguntado sobre sus sentimientos. ¡Y en más de una ocasión! Insistía en ello y Jaz seguía negándolo.

–Pero Jaz no tiene la culpa de nada de lo que pasó, Madelaine –dijo Beau con voz suave–. Sólo era una niña, sufriendo también en sus carnes lo que había pasado.

–¡Se merecía ese sufrimiento! ¡Y su padre, también! Si John Logan hubiera sabido controlar a su mujer nada de esto habría pasado y yo tendría aún a Charles a mi lado. En vez de eso, me he estado pudriendo aquí sola, durante todos estos años. Y, aunque parezca rica, el dinero de Charles se está agotando rápidamente...

–Lo que podía haber solucionado otro marido rico, ¿verdad? –sugirió Beau.

–Sí –confesó Madelaine–. ¡Y he tenido que soportar ver cómo la hija de Janie Logan cautivaba al único hombre deseable que ha venido a Aberton en los últimos años!

Jaz se sintió mareada. No podía soportarlo. Ya era bastante duro saber cuáles habían sido los verdaderos sentimientos de Madelaine durante ese tiempo, pero darse cuenta de que su amistad con Beau había sido lo que había exacerbado el odio de esa mujer, ¡era más de lo que Jaz podía soportar en un día!

No podía articular palabra. Afortunadamente, Beau habló por los dos.

–No le eches la culpa a Jaz porque, aunque ella no existiera, no estaría interesado en ti –espetó con dureza–. No eres mi tipo.

–Dices eso porque ella está aquí delante... –se defendió Madelaine.

–No, Madelaine. Lo digo porque es la verdad... ¡Quieta!

Beau tuvo que sujetar los brazos de la mujer para evitar que le arañara la cara con sus largas uñas rojas.

–¡Parece que sois tal para cual, después de todo! ¡Merecéis estar juntos!–gritó ella insultante, intentando soltarse.

–Quizás. Pero eso no es asunto tuyo, ¿verdad? –dijo él con voz suave.

–Os creéis muy listos, ¿verdad? –dijo Madelaine mirando a Jaz con odio.

–Jaz no tiene nada que ver con esto –aclaró él–. Al igual que tú, no tenía ni idea de que esta conversación iba a tener lugar. ¿Es que no lo ves?

La cara de Madelaine cambió de expresión con rapidez. De ira a frustración, de frustración a dolor. El dolor se apoderó de ella finalmente y comenzó a llorar. Jaz intentó levantarse hacia ella, pero Beau le pidió que no se moviera. Seguía agarrando a Madelaine por los brazos.

–Creo que necesitas ayuda, Madelaine. De un profesional con experiencia. Me gustaría que vieras a un amigo mío que es psiquiatra. ¿Lo harás? –sugirió con voz más tranquila.

Jaz lo miró con admiración. Se había preguntado cómo iba a terminar aquello. Sabía que no podían irse sin más, dejándola allí sin hacer nada. Estaba claro que Madelaine necesitaba algún tipo de ayuda.

La mujer lo miró aturdida. Los restos de maquillaje manchaban su cara. Por primera vez, aparentaba su verdadera edad.

–¿Vas a llamar a la policía también? –preguntó de pronto.

–No, no creo que eso sea necesario –dijo con una tímida sonrisa–. No creo que ni yo ni Jaz queramos llegar a eso, ¿verdad? –añadió mirando a Jaz.

–No –se apresuró Jaz a decir–. No –repitió mirando compasivamente a Madelaine.

«¿Quién iba a pensar que Madelaine, con su sofisticada y bella fachada, guardaba tanto rencor en su interior? ¡Nunca lo habría adivinado!», pensó Jaz.

–Lo siento mucho, Madelaine –dijo Jaz levantándose del asiento–. Siento lo que mi madre te hizo y siento que creyeras que yo te estaba haciendo daño. No sé qué más puedo decir.

Jaz estaba cansada, sólo quería irse de allí y olvidarlo todo. Intentar curar sus propias heridas.

Beau soltó a Madelaine y ésta se derrumbó en uno de los sillones. Parecía más frágil y vieja que nunca.

–Adiós, Madelaine. Nos vamos –anunció Beau–. Luego te llamará mi amigo, ¿de acuerdo?

Madelaine lo miró aturdida.

–Sí, sí –asintió, mirando a Jaz añadió–: Yo... Lo siento, Jaz. Yo no sabía... Yo...

–Nos tenemos que ir –la interrumpió Beau al darse cuenta de lo mal que lo estaba pasando Jaz.

Había sido demasiado para ella. Saber que sus sospechas se habían visto confirmadas era muy doloroso. Tanto como los motivos que la mujer albergaba contra ella.

–Vámonos, Jaz –dijo Beau.

Tomó a Jaz por la cintura y la ayudó a salir de la habitación y de la casa. Minutos después, Jaz se desmayaba.

Capítulo 17

ÓMO supiste que se trataba de Madelaine? –preguntó Jaz.

Beau la había llevado en coche hasta su casa. La ayudó a acomodarse en el salón y preparó unas reconfortantes tazas de té para los dos. Se sentó en un sillón frente a ella. Todavía estaba muy serio.

–Fue totalmente accidental, como suelen pasar estas cosas –explicó él–. La mujer de la tienda de comestibles, Barbara Scott, me comentó por casualidad esta mañana lo estupendo que era que tú y Madelaine fueseis amigas después de lo que había pasado hacía ocho años. ¿No te pareció importante comentarme, dadas las circunstancias, que había sido Charles, el marido de Madelaine, con quien tu madre se largó?

–Nunca se me ocurrió que pudiera ser importante –le dijo con sinceridad–. Nunca pensé... No tenía ni idea...

–Pero, cuando fuiste a merendar esta tarde a su casa, ya sabías que ella había sido la que te había mandado las cartas, ¿verdad?

–Sí –confesó ella.

–¡Y decidiste ir de todas formas! –la riñó enfadado–. ¿No te das cuenta de que te estabas poniendo en una situación de peligro? Por si no te has fijado, Madelaine es una mujer que está desequilibrada. Las cosas se podían haber puesto muy feas...

–¡Esperaba estar equivocada! –dijo ella llorando.

Beau inspiró profundamente intentando controlarse y soltó el aire entre los dientes.

–Me tienes muerto de miedo, ¿lo sabías? –dijo él con impaciencia.

–¿Yo? –preguntó con los ojos muy abiertos.

–Sí, tú –dijo poniéndose en pie– ¿Cómo voy a irme mañana de aquí tranquilo, sin saber qué es lo que te va a pasar?

–Pero Madelaine ha dicho que buscaría ayuda –dijo confusa–. ¿Crees que va a faltar a su palabra?

–No, me aseguraré de que no pueda –dijo él sacudiendo la cabeza.

–Entonces, ¿por qué vas a estar preocupado por mí? –preguntó aún aturdida.

–¡Porque no he hecho otra cosa desde que llegué a Aberton! –dijo enfadado–. Tu infeliz infancia junto con unos abuelos que eran demasiado estrictos. Tu madre abandonándote cuando sólo tenías diecisiete años. Después muere tu padre. Madelaine te traiciona. ¡Se cae una maldita teja del tejado!

Jaz lo miró confundida. Beau había estado en lo cierto sobre todo lo demás pero, ¿qué demonios tenía que ver en todo aquello la estúpida teja?

–Beau... –comenzó ella perpleja.

–¡Jaz! –respondió él irritado, mirándola con frustración.

Sintió cómo se derretía su corazón, alimentado por una nueva ilusión, con la esperanza de que quizás todo fuera a salir bien al final.

–Beau, ¿por qué me pediste que me casara contigo? –preguntó ella con voz profunda.

Esperaba no estar equivocada en su corazonada. Rezaba para no tener que levantar una nueva barrera alrededor de sus heridos sentimientos.

–¿No es obvio? –preguntó él a la defensiva.

–Lo mismo me contestaste la última vez que te pregunté –dijo ella sacudiendo la cabeza–. Y no es una respuesta que me satisfaga.

–¡Ah! ¿No? –dijo él con una sonrisa de hielo–. Y ¿qué es lo que quieres oír? ¿Cursilerías? ¿Me creerías si te dijera una par de cursiladas sobre flores, corazones y demás?

–Si las dices tú, las creeré –contestó tras tragar saliva.

–¿Aunque no fueran verdad? –preguntó mirándola fijamente.

Jaz presintió que Beau estaba actuando a la defensiva. Demasiado a la defensiva y decidió correr el mayor riesgo de su joven vida.

–Pero es que sí son verdad –dijo ella con voz profunda, rezando para no ser rechazada–. Te quiero, Beauregard Garrett.

–Tú... –dijo él incrédulo y extremadamente confuso–. Pero el otro día dijiste... Me dijiste que... No, espera. No dijiste nada en absoluto, ¿verdad? Sólo dijiste que no te casarías conmigo si todo lo que sentía por ti era compasión –continuó él, dándose cuenta por primera vez de su equivocación–. Jaz, yo no siento pena por ti. Yo... Te quiero. ¡Te quiero tanto que no puedo pensar en otra cosa!

El corazón de Jaz, conservado en hielo durante días, se derritió por completo. El amor inundaba todo su cuerpo.

–¿Por qué no me dijiste eso la otra noche? –preguntó ella con lágrimas de felicidad–. ¿Por qué, Beau?

–Por esto –dijo él tocando la cicatriz de su cara–. Cuando el otro día me dijiste que mi propuesta de matrimonio era un insulto, yo... Espera –se paró sacudiendo la cabeza–, ¿me acabas de decir que me quieres?

–Así es –contestó ella estática de felicidad, levantándose y abrazándolo–. Te quiero tanto. Quiero estar siempre a tu lado.

–Pero soy mucho mayor que tú. Y la cicatriz... –dijo él con dudas.

–Esa maldita cicatriz me importa muy poco –aclaró ella quitándole importancia al asunto–. Siento que a los productores de televisión les importara porque a mí no.

–Pero, ¡no han sido los productores! Fui yo el que no quiso renovar el contrato.

–¿Tú? –preguntó Jaz sorprendida.

–Sí –contestó escueto–. Pero ya hablaremos de eso después. Mucho después. Ahora quiero besar a mi prometida. Suena bien, ¿verdad? –preguntó sonriendo como un niño ilusionado.

–Muy bien –dijo ella dejándose caer en sus brazos.

–Claro que... –interrumpió él, con la boca a un par de centímetros de la de Jaz.

–¿Qué pasa? –preguntó ella con miedo, aún temerosa de que todo pudiera ser sólo un sueño.

–Que aún no te lo he pedido en condiciones –murmuró divertido–. Jaz, te quiero con locura. Quiero pasar el resto de mi vida contigo. Quiero cuidar de ti y que tú cuides de mí. ¿Quieres casarte conmigo?

–¡Sí, sí! –exclamó sin vacilar.

No hablaron hasta mucho después. Mucho tiempo después. Cuando los dos estaban tumbados en el sofá y la cara de Jaz estaba aún colorada tras hacer el amor.

–Háblame de tu madre –la pidió él de repente.

Por primera vez en su vida, Jaz no se sobresaltó al oír hablar de su madre.

–Tenía diecisiete años cuando mi padre, quince

años mayor que ella, llegó a Aberton y abrió el vivero –comenzó con una sonrisa–. Según mis abuelos, siempre fue una chica impetuosa. Siempre intentando salir del ambiente asfixiante de la vicaría. Supongo que John Logan le proporcionó la coartada perfecta para salir de él. Tres meses después de que mi padre llegara al pueblo, se quedó embarazada. Se casaron un mes más tarde. Y poco después, antes incluso de que yo naciera, mi madre se dio cuenta de que había cometido una equivocación. Vio que había huido de una prisión para meterse en otra. Pero supongo que era ya demasiado tarde.

–Y tú te has ido enterando de esa historia por boca de terceras personas, supongo –dijo él comprensivo.

–Así es –concedió Jaz–. Lo que sí sé es que no era una mujer feliz.

–Ya me doy cuenta. Y aun así, no se fue hasta que cumpliste los diecisiete.

–No...

–Cuando se fue con Charles Wilder, ¿te explicó algo o se fue sin más? –preguntó Beau con tanta delicadeza como pudo.

–Ella se fue sin... No –se corrigió–. Me dejó una carta donde me explicaba que lo sentía y que en cuanto se instalara en algún sitio con Charles iría a buscarme.

–¿Y?

–Se mataron tres meses después. No tuvieron tiempo de instalarse en ningún sitio. ¿Crees que...?

–Creo que tu madre te quería mucho, Jaz –dijo él mirándola a los ojos, acercándose más a ella–. Tus abuelos no fueron muy buenos padres para ella ni tampoco para ti. En cuanto a tu padre... No sé si puedo hablar por tu padre... Pero si tu madre se parecía a ti...

–Sí que se parecía –admitió ella.

–Entonces me imagino que tu padre sufrió lo indecible al darse cuenta de que tu madre sólo se casó con él para librarse del opresivo control de tus abuelos –dijo él.

Jaz entrelazó sus brazos alrededor de su cuello.

–Mientras que yo me caso contigo porque te quiero tanto que sólo pienso en pasar el resto de mis días a tu lado –confesó con sinceridad.

–¡Oh, Jaz! –respondió él abrazándola aún más fuerte– ¿Podrás irte de aquí y venirte a Londres conmigo? Estuve allí el fin de semana pasado y he conseguido un nuevo contrato para trabajar en reportajes de investigación, como solía hacer antes. Durante las semanas que pasé en el hospital tras el accidente, me di cuenta de que quería hacer cambios en mi vida. Porque mi trabajo había dejado de ser un desafío para mí. Alguno de los cambios, como enamorarme de ti, supuso un desafío que no fue bien recibido en un principio –reconoció con una mueca.

–¡Pobrecito Beau! –dijo ella sonriendo descaradamente.

–¡Afortunado Beau! –la corrigió él– ¡Feliz Beau! ¡Estático Beau! La cadena me ha ofrecido un contrato de seis meses, lo que supone doce programas para investigar lo que yo quiera. Yo elijo los temas. Pero significa que tendría que volverme a Londres. Aunque si tú crees que no vas a poder adaptarte a esa vida, les digo que no y ya está...

–¡Claro que podré! –respondió contenta–. No me importa dónde voy a vivir, sólo quiero que sea contigo. Además ya he llegado a un acuerdo con un vecino que me va a comprar esta casa y las tierras. Tengo que irme antes de fin de mes.

–¿Qué? –preguntó él incrédulo– Pero, ¿a dónde pensabas irte, Jaz?

–Bueno, la verdad es que me va a dar más dinero de

lo que esperaba así que había pensado en dedicarme a viajar durante un tiempo. Pensaba incluso en irme a vivir una temporada en Francia o en España. Allí también necesitan jardineros así que...

–¿Ibas a largarte sin más? ¿Sin decirme adónde ibas? –gimió él confuso.

–Bueno, yo tampoco sabía adónde iba a ir. Y tampoco sabía que eso te interesaba –le explicó con delicadeza.

–Lo siento, señorita, pero no vas a irte a ningún sitio –dijo con determinación–. A no ser que me dejes ir contigo, claro. Si quieres viajar, podemos hacerlo. Será muy divertido.

–¿Y el nuevo contrato?

–Eso puede esperar. Tú eres lo único que me importa. Tú y tu felicidad –le dijo mirándola intensamente.

Y lo único que le importaba a Jaz era que Beau fuera feliz. Lo del viaje era sólo algo que se le había ocurrido para intentar quitarse a Beau de la cabeza. Resultaba maravilloso que no tuviera que hacerlo, después de todo.

–Entonces, vámonos a Londres de viaje. Al fin y al cabo, nunca he estado allí tampoco. Y quizás dentro de poco queramos empezar a pensar en los niños...

Como había sido hija única, Jaz soñaba con tener un hogar lleno de niños, pero no sabía qué pensaba Beau sobre el particular.

–¿Mary o Mark? –preguntó él recordando su conversación.

–Bueno, a lo mejor cambio de opinión sobre los nombres –dijo ella riendo.

–Mientras no cambies de opinión sobre lo que sientes por mí...

–Nunca –le aseguró ella.

Beau era todo lo que quería y así sería siempre. Y mientras lo miraba a los ojos podía ver amor en ellos. Sabía que él sentía lo mismo por ella.

Y eso era todo lo que le importaba.

NORA ROBERTS

**La Reina del Romance.
Disfruta con esta autora de
bestsellers del _New York Times_.**

Busca en tu punto de venta
los siguientes títulos, en los que
encontrarás toda la magia del romance:

Las Estrellas de Mitra: Volumen 1

Las Estrellas de Mitra: Volumen 2

Peligros

Misterios

La magia de la música

Amor de diseño

Mesa para dos

Imágenes de amor

Pasiones de verano

¡Por primera vez
disponibles
en español!

Cada libro contiene dos historias
escritas por Nora Roberts.
¡Un nuevo libro cada mes!

Acepte 2 de nuestras mejores novelas de amor GRATIS

¡Y reciba un regalo sorpresa!

Oferta especial de tiempo limitado

Rellene el cupón y envíelo a

Harlequin Reader Service®
3010 Walden Ave.
P.O. Box 1867
Buffalo, N.Y. 14240-1867

¡Sí! Por favor, envíenme 2 novelas de amor de Harlequin (1 Bianca® y 1 Deseo®) gratis, más el regalo sorpresa. Luego remítanme 4 novelas nuevas todos los meses, las cuales recibiré mucho antes de que aparezcan en librerías, y factúrenme al bajo precio de $3,24 cada una, más $0,25 por envío e impuesto de ventas, si corresponde*. Este es el precio total, y es un ahorro de casi el 20% sobre el precio de portada. !Una oferta excelente! Entiendo que el hecho de aceptar estos libros y el regalo no me obliga en forma alguna a la compra de libros adicionales. Y también que puedo devolver cualquier envío y cancelar en cualquier momento. Aún si decido no comprar ningún otro libro de Harlequin, los 2 libros gratis y el regalo sorpresa son míos para siempre.

416 LBN DU7N

Nombre y apellido	(Por favor, letra de molde)	
Dirección	Apartamento No.	
Ciudad	Estado	Zona postal

Esta oferta se limita a un pedido por hogar y no está disponible para los subscriptores actuales de Deseo® y Bianca®.
*Los términos y precios quedan sujetos a cambios sin aviso previo. Impuestos de ventas aplican en N.Y.

SPN-03   ©2003 Harlequin Enterprises Limited

Bianca®

¡Se había enamorado de su marido!

Gina Saxton había recibido en herencia la mitad del multimillonario imperio Harlow, pero había una condición: tenía que casarse con el heredero de la otra mitad, el arrogante Ross Harlow. Sin embargo, Ross tenía una propuesta que no podía rechazar, estar un año casados… sin ningún tipo de atadura. A Gina no le pareció difícil… hasta que se dio cuenta de que a su marido le parecía irresistible y ella se estaba enamorando de él.

Gina quería huir, pero Ross no se lo permitía; un trato era un trato. Así que parecía que sólo había una solución: dejarse llevar por la pasión y convertir su matrimonio de conveniencia en uno de verdad…

Herederos del amor

Kay Thorpe

Deseo®

La princesa en el paraíso

Alexandra Sellers

Después de descubrir que su prometido la había traicionado, la princesa Noor escapó de su propia boda y acabó en una isla desierta acompañada ni más ni menos que por el hombre del que trataba de huir. Pero no tardó en descubrir que ni siquiera un miembro de la realeza como ella podía negar lo que sentía por el sexy jeque Bari al Khalid.

A medida que las horas que pasaban en aquella isla fueron convirtiéndose en días, Noor supo que sería imposible resistirse a la pasión que había entre ellos, a pesar de las consecuencias que aquello pudiera tener en el futuro.

Estaba en una isla desierta con un guapísimo jeque...